Taming Master
테이밍마스터

테이밍 마스터 32

2018년 10월 18일 초판 1쇄 인쇄
2018년 10월 23일 초판 1쇄 발행

지은이 박태석
발행인 이종주

기획 팀 이기헌 왕소현 박경무 이승제
책임 편집 최이슬

발행처 (주)로크미디어
출판등록 2003년 3월 24일
주소 서울시 마포구 성암로 330 DMC첨단산업센터 3층 318호, 319호
Tel (02)3273-5135 **Fax** (02)3273-5134
홈페이지 rokmedia.com **E-mail** rokmedia@empas.com

ⓒ 박태석, 2016

값 8,000원

ISBN 979-11-294-9164-0 (32권)
ISBN 979-11-5960-986-2 04810 (세트)

이 책의 모든 내용에 대한 편집권은 저자와의 계약에 의해
(주)로크미디어에 있으므로 무단 복제, 수정, 배포 행위를 금합니다.

작가와의 협의에 의해 인지는 생략합니다.
잘못된 책은 구입처에서 바꾸어 드립니다.

Taming Master 32

| 박태석 게임 판타지 장편소설 |

테이밍 마스터

CONTENTS

용족과 거신족 上	7
용족과 거신족 下	53
거신족 보급 창고	99
아레미스의 악몽	135
새로운 힘	185
갓 테이머 God Tamer	223
거신들의 땅 '엘라시움'	259

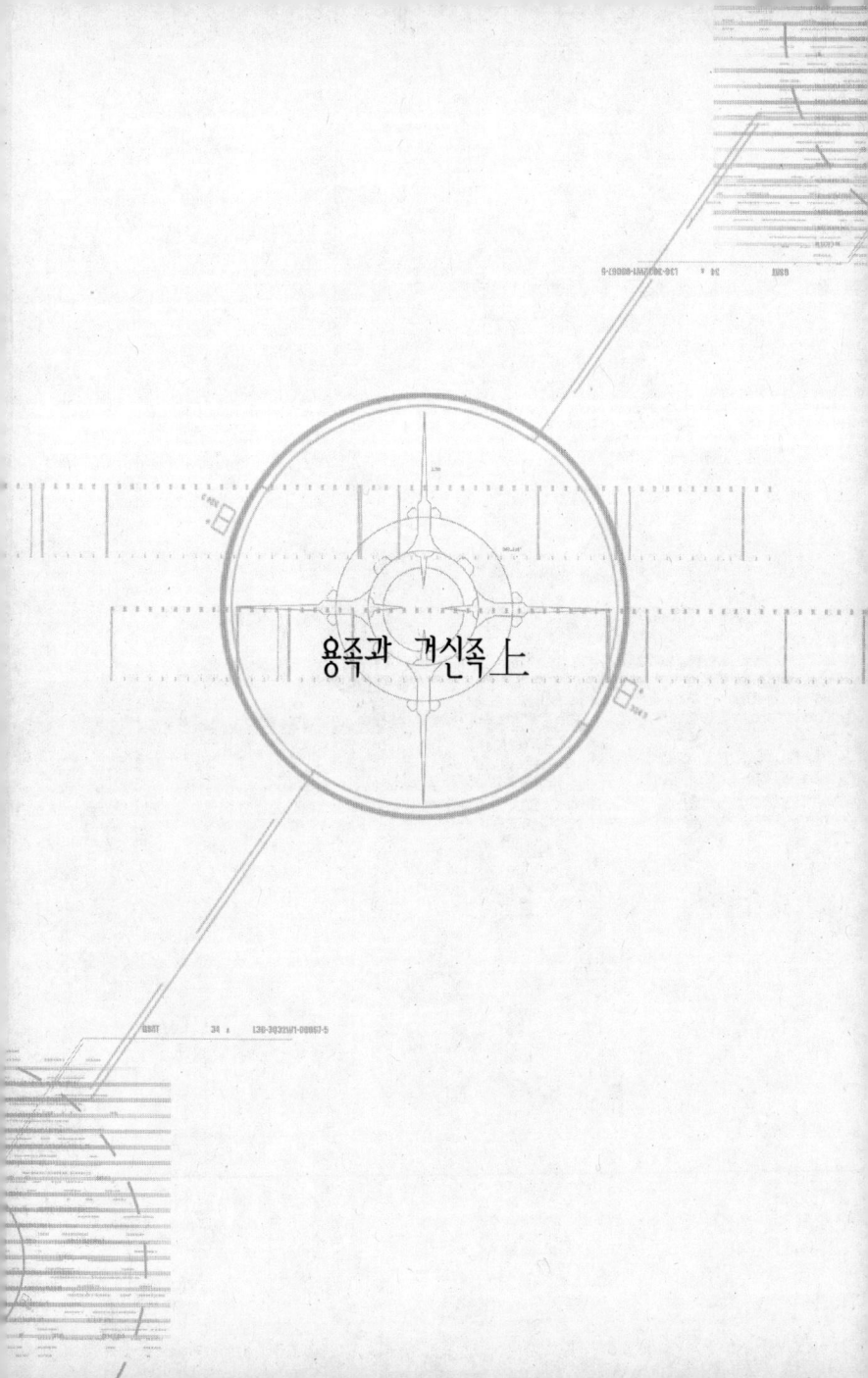

용족과 귀신족 上

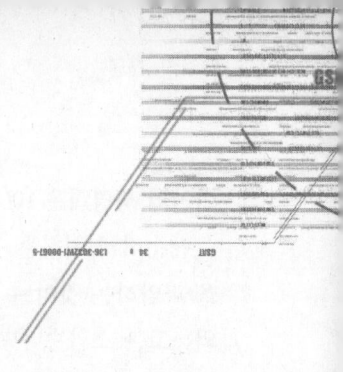

전투는 힘들고, 또 싱거웠다.

누가 듣는다면 대체 이게 무슨 말이냐고 이야기할 수 있겠지만, 정말 딱 그 말 그대로의 상황이었다.

둘의 거신족을 상대하면서 이안은 진이 다 빠져나갈 정도로 전력을 쏟아부어야 했으나, 그렇다고 해서 그들을 처치하는 데 크게 어려움을 겪은 것은 아니었으니 말이다.

"휴우, 이 피 돼지들. 느려 터진 것들이 맷집은 엄청 좋네."

쿵-!

바닥에 쓰러져 내리는 거신족 정찰병을 보며 이안은 한차례 깊게 심호흡하였다.

이마에 땀이 비 오듯 흘러내리고는 있었지만, 그와 별개로 이안의 생명력은 100퍼센트를 유지하고 있었다.

 단순히 처치하는 것보다도 녀석들의 공격 패턴이나 특징을 파악하는 것이 주목적이었기 때문에, 이안은 아이언을 제외하고는 소환수나 가신들의 도움조차 받지 않았다.

 그럼에도 불구하고 두 거신족의 공격을 단 한 번도 허용하지 않은 것이다.

 그렇다면 대체, 이안은 어떤 부분에서 힘들었다는 것일까?

 그 가장 큰 이유는 역시나 균열 안으로 들어오면서 맵 전체에 깔린 '디버프' 때문이었다.

 움직임을 50퍼센트 가까이 둔화시켜 버리는 이 디버프를 받고 나니, 반사 속도가 빠른 이안조차도 거인의 느린 공격을 피하기 쉽지 않았던 것이다.

 물론 결과적으로 본다면 한차례도 공격을 허용하지 않았지만, 느려진 움직임에 적응하는 동안에는 녀석들에게 유의미한 피해를 입히지도 못하였다.

 피하는 데 급급하여, 이안 또한 한동안 공격하지 못했던 것이다.

 게다가 온몸을 짓누르는 듯 느껴지는 이 디버프의 효과 때문인지, 평소보다 전투로 인한 피로도가 배 이상으로 누적되는 느낌이었다.

 똑같은 움직임을 구사해도 힘은 두 배 넘게 드는 것.

 이안이 힘들었다는 이야기는, 말 그대로 물리적인 힘듦이었다.

때문에 이안은 이 균열이라는 맵이 무척이나 마음에 들지 않았다.

"아오, 이건 진짜 내가 지금까지 겪어 본 디버프 중에 최악이잖아."

이안이 가장 좋아하는 사냥 법은 '무한 노가다'이다.

그런데 이런 식으로 무지막지하게 피로도를 소모하면, 오랜 시간 사냥을 할 수가 없다.

피로도가 떨어지면 동화율이 낮아지기도 하지만, 현실에서 플레이어의 체력 또한 급격히 떨어지니 말이다.

그렇다고 경험치를 드레이크에 비해 압도적으로 많이 주는 것도 아니었으니, 이안으로서는 무척이나 불만스러울 수밖에 없었다.

"이거, 퀘스트 전부 다 클리어하는 데 생각보다 오랜 시간이 걸리겠는데……."

그리고 여기까지 생각이 미치자 문득 이안의 뇌리에 음흉한(?) 루가릭스의 얼굴이 떠올랐다.

녀석의 노림수가 무엇인지 감이 오기 시작한 것이다.

'후후, 루가릭스 녀석, 잔머리를 조금 굴렸군.'

물론 그렇다고 해서, 루가릭스가 도망가기 전까지 퀘스트를 못 끝낼까 봐 불안한 것은 아니었다.

이미 손안에 들어온 루가릭스를 놓칠 만큼, 이안이 호락호

락한 인물은 아니었으니 말이다.

툭-툭-.

거신들과 전투하느라 갑주에 쌓인 먼지를 털어낸 이안은 시야 구석에 떠 있는 시스템 메시지들을 다시 한번 확인해 보았다.

답답한 상황을 조금이라도 개선하기 위해서는, 모든 시스템 메시지를 꼼꼼히 분석하는 것이 필수라 할 수 있었다.

-'거신족 정찰병'을 성공적으로 처치하였습니다.

-가문 '암천'에 대한 공헌도가 5만큼 증가합니다.

-'지저금화地底金貨' 재화를 276만큼 획득했습니다.

-'거신족 정찰병의 군번줄' 아이템을 획득하셨습니다.

-경험치를 4,389만큼 획득하였습니다.

'일단 특이점은 지저금화라는 새로운 재화를 얻었다는 것 하나 정도인데……'

이안은 두 눈을 게슴츠레 뜬 채, 메시지의 마지막에 떠올라 있는 경험치 수치를 확인하였다.

'만약 이게 특별히 쓰이는 용도가 없다면, 최초 발견 버프도 없는 상황에서 거신족 사냥은 최대한 지양해야겠어. 퀘스트 관련 몹만 잡으면서 최대한 빠르게 진행해야지.'

이런저런 계산을 머릿속으로 돌려 보며 퀘스트 아이템을 챙긴 이안은, 다시 아이언의 등에 올라 이동할 준비를 하였다.

둘의 정찰병을 처치하여 획득한 군번줄은 한 개에 불과했으나, 필요한 나머지 두 개를 당장 얻을 생각은 아니었다.

어차피 B 퀘스트인 '거신족 보급 창고 파괴' 임무라든가 C 퀘스트인 '거신족 정찰대장 처치' 임무를 진행하다 보면 필연적으로 거신족 정찰병과 싸워야 할 일이 계속해서 생길 테니 말이다.

'게다가 지금은 솔바르가 준 퀘스트보다 루가릭스의 퀘스트를 클리어하는 게 더 중요해. 루가릭스가 도주를 시도하기 전에, 언령 마법을 얻어서 녀석을 잡으러 가야 하니 말이야.'

다시 균열의 지도를 펼친 이안은 지도에 표기된 라페르 일족의 부족 거점 좌표를 확인하였다.

그리고 전투 중에 활성화된 아이언의 '급가속' 고유 능력을 활용하여 최대한 빠른 속도로 균열 사이를 비행하기 시작하였다.

비록 스택을 2중첩밖에 쌓지 못했기 때문에 민첩성 버프는 15퍼센트에 불과하였지만, 균열 디버프를 받아 답답한 지금의 상황에서는 그것만으로도 감지덕지라 할 수 있었다.

"후우, 언령 마법인지 뭔지, 내가 그거 꼭 얻어 내고 만다. 루가릭스는 덤이고."

아이언을 조종하는 와중에도 굳게 마음을 다잡는 이안.

그런데 그렇게 이안이 10여 분 정도를 더 비행했을 무렵.

띠링-!

이안의 눈앞에 생각지 못했던 새로운 시스템 메시지가 떠올랐다.

-'차원 마력 저항력' 능력치가 1만큼 증가합니다.

-차원 균열의 힘으로 인한 압력이 미약하게 줄어듭니다.

-둔화 효과가 0.5퍼센트만큼 감소합니다(47.5퍼센트 → 47퍼센트).

-'차원 마력 저항력'을 제외한 모든 종류의 저항력이 0.3퍼센트만큼 회복됩니다(-28.5퍼센트 → -28.2퍼센트)

-역류하는 차원의 힘에 조금 더 적응하였습니다.

그리고 그것을 확인한 이안의 두 눈이 휘둥그레진 것은, 당연한 수순이라고 할 수 있었다.

카일란에서는 일반적으로, 맵 전체에 걸려 있는 디버프 효과는 그 안에 있는 모든 개체들에 일괄 적용된다.

지금처럼 맵 자체에 디버프가 걸려 있다면, 유저건 NPC건 몬스터건 관계없이 그 디버프가 전부 적용되는 것이 보통이라는 것이다.

물론 화염 속성 관련 디버프가 있는 맵에 해당 속성의 몬스터가 적용받지 않는 특별한 케이스들도 있기는 했으나, 대부분의 경우에서 위의 방식대로 통용된다는 것.

때문에 이안은 거신들과 전투하던 중 약간 의아했던 부분이 하나 있었다.

거신들의 속성은 화염 속성이었고, 딱히 차원 마력과 관련이 있어 보이지도 않는 외형을 가지고 있었건만, 녀석들은 차원 균열로 인한 강력한 둔화 디버프에 전혀 영향을 받지 않았다.

원래부터 민첩성 스탯이 저질인 거신족들이 이 둔화 디버프까지 적용받았더라면, 조금 과장 보태서 눈 감고도 상대할 수 있을 만큼 손쉬운 녀석들이 되었을 터.

하지만 눈앞에 떠오른 이 새로운 메시지들을 본 순간, 이안은 이 맵의 설정이 어떻게 된 것인지 대번에 파악하고 이해할 수 있었다.

'이거…… 디버프에 적응이라는 걸 할 수 있는 개념이었던 거네. 신박한데……'

이안이 획득한 차원 마력 저항력은 고작 1포인트에 불과하였지만, 새로운 가능성이 열렸다는 점에서 이것은 무척이나 중요한 포인트였다.

만약 말 그대로 완벽하게 적응할 수 있다면, 이 무지막지한 둔화 디버프로부터 자유로워질 수 있을 테니 말이다.

해서 이안은, 본격적으로 분석에 들어가기 시작하였다.

'자, 다시 계산해 보자. 저항력이 1 오르면서 둔화효과는 0.5퍼센트가 감소했고, 저하됐던 모든 저항력은 0.3퍼센트만큼 복구되었어.'

저항력이 1포인트 단위로 움직였기 때문에, 계산은 암산으로도 어렵지 않았다.

0.5에 100을 곱한 50퍼센트가 최초에 부여되었던 둔화 효

과였으며, 0.3에 100을 곱한 30퍼센트가 다른 모든 저항력들을 감퇴시키는 디버프의 수치였으니, 저항력을 100까지 올린다면 이 모든 디버프 효과가 사라질 것이라는 것을 단번에 확인할 수 있었던 것이다.

'그렇다면 역시, 이 차원 마력 저항력이라는 신규 스테이터스의 맥시멈은 100포인트로 설정되어 있겠지?'

오랜만에 자신의 상태 창을 오픈한 이안은 세부 능력치 창을 열어 새로 얻은 이 스테이터스의 설정을 확인해 보았다.

대략적으로 어떻게 설정되어 있을지는 짐작 가능한 부분이었지만, 그래도 꼼꼼히 확인해 보려는 것이었다.

그리고 그것을 확인한 순간…….

"……!"

이안은 다시 한번 예상을 넘어선 정보를 하나 입수할 수 있었다.

'맥시멈이 100포인트가 아니라고?'

New라는 작은 글씨가 반짝이고 있는 신규 스텟의 설정 정보에서, 아래와 같은 파트를 발견했기 때문이었다.

최대 능력치 Maximum Status : 150

그리고 이렇게 예상 범주 밖의 정보가 유입되자, 정리되는 듯했던 이안의 머릿속은 또다시 복잡해질 수밖에 없었다.

'지금 눈에 보이는 비율대로라면 저항력 100을 달성했을 때 더 이상 성장시킬 이유가 없는데……. 대체 150이라는 수치는 왜 존재하는 걸까? 혹시 수치가 오를수록 효과가 감소하는 스텟인 건가?'

이안은 상상력과 경험을 동원하여 여러 가지 가정을 세워 보았지만, 쉽게 결론이 나지는 않았다.

'어떻게 될 것이다.'라고 구체적인 방향성을 잡기엔, 이안에게 주어진 단서가 아직 너무 부족했기 때문이었다.

'그래, 이건 나중에 생각하고, 일단 저항력 1포인트를 얻기 위해 필요한 시간이 얼마인지나 정확히 다시 측정해 보자.'

시스템 메시지는 분명 '적응'이라는 단어를 사용하였다.

때문에 이안은, 이 디버프의 영향을 받고 있는 시간에 비례하여 저항력이 상승할 것이라고 추측할 수 있었다.

'던전 들어온 지 대충 15분 정도 지난 것 같으니까……. 라페르 부족을 찾아내기 전까지는 저항력 1포인트 정도 더 올릴 수 있겠지?'

하지만 이제까지와 달리, 항상 높은 적중률을 보여 주던 이안의 예측은 이번에도 빗나가고 말았다.

15분이 아니라 30분도 넘는 시간이 추가로 지나갔건만, 저항력이 상승했다는 메시지는 나타날 생각을 하지 않았던 것이다.

'흠……. 시간 비례가 아니었단 말이지?'

예상이 번번이 빗나가자, 그는 혼란스러우면서도 뭔가 흥미로움을 느끼기 시작했다.

그리고 이안이 이렇게 '차원 마력 저항력'이라는 새로운 능력치에 대해 고찰을 하는 동안, 어느덧 이안 일행은 '균열의 지도'에 표시되어 있던 목적지에 무사히 도달할 수 있었다.

균열 중간 중간에 있던 거신족들에게 싸움을 걸었다면 결코 30분 만에 도착할 수 없었겠지만, 일단 그들을 전부 무시하고 달린 덕에 금방 라페르의 거점을 찾아낼 수 있었던 것이다.

균열의 절벽 한편에 커다랗게 뚫려 있는 공동과 그 안에서 은은하게 새어 나오는 찬란한 빛깔의 마법 광채들.

아이언을 타고 동굴의 입구에 다가간 이안은 사뿐히 그 위에 내려섰고…….

타탓.

그 뒤를 카이자르와 헬라임이 곧바로 따라 들어왔다.

"정말 깊숙한 곳에도 숨어 있군."

미로를 방불케 하는 복잡한 구조를 가진 차원의 균열 구석진 곳에, 정말 은밀하게 숨어 있는 라페르 일족의 거점.

그리고 다음 순간, 경쾌한 알림과 함께 이안의 눈앞엔 기다렸던 시스템 메시지가 떠올랐다.

띠링-!

-숨겨진 장소, '라페르 일족 거점'을 발견하셨습니다.

-명성(초월)이 700만큼 증가합니다.
 -'언령 마법의 비밀 (히든)(연계)'퀘스트의 첫 번째 클리어 조건을 달성하셨습니다.

 간결한 세 줄의 메시지가 떠오름과 동시에, 동굴의 안쪽에서 하얀 섬광이 퍼져 나왔다.

 그리고 다음 순간, 이안은 마치 뭐에 홀리기라도 한 듯 그 빛줄기를 향해 걸음을 옮기기 시작하였다.

 -'라페르 일족 거점'에 입장하였습니다.
 -'마법의 눈'이 당신을 주시하기 시작합니다.

 메시지를 확인한 이안은 의아한 표정이 되어 속으로 중얼거렸다.

 '마법의 눈은 또 뭐야? 마법으로 만든 CCTV라도 되는 건가······.'

 주변을 돌아보며 마법의 눈이라는 것을 찾아보던 이안은, 빠르게 포기한 뒤 동굴의 안쪽으로 점점 더 빠르게 걷기 시작하였다.

 그러자 잠시 후.

 덩치 큰 소환수들이 지나다니기 힘들 정도로 좁던 동굴의 통로가 갑자기 넓어지더니, 커다란 공간과 함께 아담한 건물들이 이안의 눈앞에 펼쳐졌다.

 마치 동굴을 조각하여 만들어 놓은 하나의 작은 마을 같은 느낌의 공간.

그런데 특이한 것은, 건물들이 아담하다 못해 너무 작다는 것이었다.

드워프와 같은 난쟁이들이 사는 마을이 있다면 이런 느낌일까?

당장 보이는 건물들 중 가장 큰 곳의 문을 열고 들어가려 해도, 이안은 허리를 숙여야 할 것만 같았으니 말이다.

'으음, 여기서 어디로 가야 하나……. NPC라도 하나 보이면 말을 걸어 볼 텐데.'

이안은 눈앞에 나타난 대여섯 개의 건물들을 번갈아 응시한 뒤, 어느 문부터 두들겨 볼지 고민했다.

그리고 가운데에 있는 가장 큰 건물을 향해 걸음을 옮기기 시작하였다.

비좁은 가운데 그나마 넓어 보이는 건물을 선택한 것이다.

하지만 이안이 몇 걸음 채 옮기기도 전, 라페르 일족으로 추정되는 누군가의 목소리가 귓전을 파고들었다.

"어엇, 인간? 인간이 이곳에는 어떻게 들어온 거지?"

걸음을 옮기던 이안은 그 자리에 그대로 멈춰 섰고, 자연스레 소리가 들린 곳을 향해 고개를 획 하고 돌렸다.

그러자 이안의 눈에, 작은 몸집을 가진 그림자 하나가 모습을 드러내었다.

"으음?"

이안을 보고 놀랐는지 두 눈을 동그랗게 뜬 작은 그림자.

그런데 재밌는 것은 놀란 라페르 일족의 NPC 못지않게 이안 또한 놀랐다는 점이었다.

이안이 놀란 이유는 녀석의 생김새 때문이었다.

"카카?"

작은 날개에 통통하고 볼록한 뱃살, 거기에 몸집에 비해 과하게(?) 커다란 머리까지.

이안은 바로 옆에서 포롱거리며 날고 있던 카카를 향해 시선을 돌렸고, 카카와 라페르 일족 NPC를 번갈아 가며 응시하였다.

완전히 같은 종족이랄 만큼 똑같은 생김새는 아니었지만, 카카와 라페르 일족 사이에 어떤 연관이 있다는 정도는 충분히 의심해 볼 수 있는 수준이었으니 말이다.

이안의 바로 앞까지 날아온 라페르 일족 NPC가 고개를 갸웃거리며 다시 입을 열었다.

"카카? 그게 뭐지?"

이안이 카카를 가리키며 대답하였다.

"여기, 얘가 카카인데, 너랑 닮은 것 같아서 말이지."

"너라니! 말조심해라, 인간. 내가 좀 동안이기는 하지만, 못해도 3천 년 이상은 살았느니라."

발끈하는 NPC를 향해 이안이 두 눈을 끔뻑이며 다시 입을 열었다.

"어? 여기 얘도 삼천 살 넘었는데."

"……!"

"야, 카카, 너 이 친구 몰라? 라페르 일족이 혹시…… 카르가 팬팀 종족의 친척 아니야?"

라페르 일족 NPC의 반발에도 불구하고, 태연히 계속해서 반말을 시전하는 이안.

어지간하면 NPC에게 공손한 이안이 반말을 하는 이유는 간단했다.

존대를 하기엔, NPC의 외모가 너무 귀엽고 앙증맞았기 때문이었다.

'이런 귀여운 친구를 상대로 존댓말을 어떻게 하냔 말이지.'

한편 이안과 라페르 일족 사이에서 묘한 표정을 짓고 있던 카카는 나름대로 혼란에 빠진 상태였다.

카카가 보기에도 눈앞에 있는 라페르 일족의 외형이 카르가 팬팀 일족과 비슷한 느낌이었으니 말이다.

"우리 일족은 마계에 근본을 두고 있다, 주인아. 마룡이라면 모를까, 용족이 내 친척일 리가 없잖아."

"그래? 그런데 왜 이렇게 닮았어?"

"그, 그건……!"

"너도 부인하지 못하겠지?"

"……."

어쨌든 잠깐 동안의 혼란이 지나고 나자, 이안은 다시 NPC를 향해 입을 열었다.

카카와 라페르 일족의 혈연관계(?)에 대한 비밀을 푸는 것 보단, 당장 언령 마법에 관한 비밀이 더 중요했으니 말이었다.

이안은 아직도 미심쩍은 눈초리로 자신을 응시하고 있는 NPC를 향해 부드러운 목소리로 입을 열었다.

"친구, 너는 이름이 뭐야?"

이안의 물음에, NPC가 못마땅한 표정으로 입을 열었다.

"내 이름은 프림슨이다, 인간. 내가 물어본 거나 먼저 대답하라."

"음? 물어본 거라면…… 아, 여기에 어떻게 들어왔냐고?"

"그래."

"그거라면…… 그냥 들어와지던데?"

"뭐라?"

"그냥 동굴 입구 찾아서 쭉 안으로 들어온 것뿐이야."

"그, 그럴 리가! 믿을 수 없다!"

이안의 말을 듣던 프림슨의 두 눈동자가 지진 난 듯 떨리기 시작하였다.

사실 말하지는 않았지만, 그의 역할이 바로 거점 입구의 결계를 관리하는 관리자였던 것이다.

만약 평범한 인간이 결계를 아무런 저지 없이 통과하여 거점 안으로 들어왔다는 사실이 알려진다면, 프림슨은 장로회의에서 가루가 되도록 까일 게 분명하였다.

"어쨌든 중요한 건 내가 어떻게 이 안에 들어왔느냐가 아니고…….”

"그게 중요하다!"

"내가 너희들에게 도움이 될 수 있다는 거야."

"그게 무슨……!"

프림슨의 이야기에도 불구하고, 아랑곳하지 않은 채 자신의 할 말을 다하는 이안.

이안은 프림슨과 다시 눈을 마주치며, 루가릭스가 알려준 대로 준비해 뒀던 말을 꺼내기 시작하였다.

"혹시 너희, '차원의 운석 파편'이 필요하지 않아?"

이안의 말을 들은 프림슨의 동공은 다시 커다랗게 확대될 수밖에 없었다.

이안이 라페르 일족의 거점에 들어올 수 있었던 이유는 당연히 루가릭스가 준 '균열의 지도' 덕분이었다.

균열의 지도는 사실, 루가릭스가 라페르 일족 거점에서 마법 책을 훔치기 위해 만들었었던 아티팩트였으니 말이다.

그리고 루가릭스는 이 균열의 지도를 이안에게 건네주며, 한 가지 이야기를 더 해 줬었다.

"이안, 라페르 일족 거점이 왜 균열의 안에 있는 줄 알아?"
 "글쎄. 그걸 내가 어떻게 알아?"
 "언령 마법을 연구하기 위해 필요한 가장 중요한 재료가 지저와 용천을 잇는 균열 안에 있기 때문이야."
 "언령 마법을 연구하기 위한…… 재료?"
 "그래."
 "그게 뭔데?"
 "세상에 존재하는 물질들 중 유일하게 언령의 힘을 담을 수 있는 광석."
 "……?"
 "바로 '차원의 운석 파편' 때문이지."

 루가릭스의 말에 의하면, 이 차원의 균열이 처음 생긴 이유가 바로 '차원의 운석' 때문이라고 하였다.
 공간을 비틀며 떨어져 내린 차원의 운석 때문에 용천과 지저 사이를 막는 차원의 벽에 균열이 생겼고, 그로 인해 두 차원계를 잇는 지금의 기다란 통로가 만들어졌다는 것이다.
 그리고 그때 떨어져 내린 운석들은 산산이 조각난 채 균열 곳곳에 흩뿌려졌는데, 그 운석 파편의 성분이 바로 언령 마법 연구에 꼭 필요한 자원이라고 하였다.

 "네가 거점을 찾아 들어가면 분명 녀석들은 너를 경계할 거야."

"아무래도 그렇겠지?"

"하지만 걱정할 것 없어."

"왜?"

"라페르 일족 친구들은, 마법에 미친 족속들이거든."

"으음?"

"아마 네가 운석 파편을 구해 준다는 이야기를 꺼내면, 너에 대한 경계심이고 나발이고 기억조차 못할 테니 말이야."

이안은 루가릭스의 말을 반신반의하였지만, 그래도 일단 그가 시키는 대로 하였다.

루가릭스가 평소에 좀 백치미를 보여 주는 편이긴 하지만, 그렇다고 해서 없는 이야기를 지어내거나 거짓을 말하지는 않기 때문이었다.

그리고 루가릭스가 말했던 것처럼, 이안이 차원의 운석 파편에 대한 이야기를 꺼낸 순간 프림슨은 마치 뇌가 백지화되기라도 한 듯 눈을 초롱초롱 빛내기 시작하였다.

"차원의 운석 파편?"

"그래. 너희 라페르 일족의 마법 연구에 그게 필요하다고 들었어."

이안의 이야기가 끝나자마자 프림슨은 정신없이 고개를 주억거리며 다시 입을 열었다.

"그걸 어떻게 알았는지는 모르겠지만, 네 말이 맞아."

"역시 그렇지?"

"그래. 그렇지 않아도 최근에 우린 운석 파편 수급 때문에 걱정이 이만저만이 아니었거든."

"……!"

루가릭스가 말했던 대로 착착 스토리가 진행되자 점점 더 자신감이 붙기 시작한 이안.

'그래. 여기까지는 루가릭스가 말했던 그대로고……. 그렇다면 이제 이 녀석은, 파편을 채굴해 오라는 퀘스트를 주겠지?'

루가릭스의 말에 의하면, 라페르 일족의 거점 근처에 그들이 애용하는 채굴장이 있다고 하였다.

그리고 그곳에서 며칠 동안 파편을 채굴해서 라페르 일족에게 가져다준다면, 그들이 언령 마법에 입문할 수 있는 마법서 정도는 내줄 것이라고 하였다.

'좋아. 채굴이야 이 이안 님의 전문 분야 중 하나니까 라페르 일족 녀석들에게 채굴 왕의 진면목을 보여 줘야겠군.'

이안은 한껏 자신감 넘치는 표정으로 프림슨의 다음 말을 기다렸다.

하지만 그의 말이 이어지기 시작하자, 이안의 표정은 점점 더 굳어져 갔다.

루가릭스가 해 줬던 이야기와는 완전히 다른 방향으로 퀘스트가 흘러갔기 때문이었다.

"얼마 전에 우리가 애용하던 채굴장의 파편이 전부 소진되었어."

"……?"

"그래서 지금 우리 일족은, 새로운 운석 조각 하나를 확보해야 해."

"그……래서?"

이안은 마른침을 한차례 꿀꺽 집어삼키며 프림슨을 향해 반문하였다.

그리고 이어지는 프림슨의 이야기는, 그야말로 첩첩산중이라 할 수 있었다.

"네 이름이 이안이라고 그랬지?"

"그, 그래, 맞아."

잠시 뜸을 들인 프림슨의 입이 천천히 다시 떨어졌다.

"이안, 혹시 거신족 녀석들이 지키고 있는 균열 동쪽의 구역을 탈환할 수 있도록 우릴 도와줄 수 있겠어?"

"……!"

"언령 마법에 대한 건 개미 발자국만큼도 모르는 무식쟁이들이 동쪽에 있는 운석 조각들을 다섯 개나 확보하고 있거든."

"그……렇구나."

"일단 동쪽에 있는 거신족 정찰병 녀석들을 열 놈만 좀 처치해 줄래? 네가 녀석들을 처치하는 동안, 나는 장로님들께 너에 대해 이야기해 둘게."

프림슨의 말을 들은 이안은 새어 나오려던 한숨을 가까스로 집어삼켰다.

퀘스트의 전개가 결국, 가장 피하고 싶었던 방향으로 진행되고 있었으니 말이었다.

'후우, 결국엔 또 거신족 놈들이랑 싸워야 되는 거였구나……'

그리고 이안이 뭐라 프림슨에게 대답을 하려던 바로 그 순간…….

띠링-!

이안의 눈앞에 연계 퀘스트의 발동을 알리는 새로운 시스템 메시지가 간결하게 한 줄 떠올랐다.

-'언령 마법의 비밀 I (히든)(연계)' 퀘스트가 발동하였습니다.

-퀘스트를 수령하시겠습니까? (Y/N)

그리고 너무 당연하게도 이에 대한 이안의 대답은 Yes였다.

카일란에서 연계 퀘스트의 경우 일반 퀘스트와 달리, 새로운 퀘스트 창이 만들어지는 것이 아니라 기존 퀘스트 창의 정보가 수정되는 방식이다.

때문에 이안은, 퀘스트를 받자마자 이전에 받았던 정보 창을 열어 구체적인 내용을 확인해 보았다.

언령 마법의 비밀 I (히든)(연계)

당신은 균열 깊숙한 곳에 있는 라페르 일족의 거점을 발견하는 데 성공하였다.

그리고 거점의 결계를 관리하는 관리자인 '프림슨'과 조우하게 되었다.

프림슨의 말에 의하면, 지금 라페르 일족은 마법 연구에 가장 중요한 자원인 '차원의 운석 파편'이 고갈되었다고 한다.

때문에 새로운 채굴장을 마련해야 하는데, 그러기 위해서는 균열 동쪽의 거신족들과 필연적으로 전투해야 한다고 하였다.

프림슨은 당신에게 거신족 정찰병들을 처치해 줄 부탁하였다.

그리고 당신이 전투하는 동안, 라페르 일족의 수뇌부에 상황을 보고하겠다고 하였다.

프림슨이 지원군을 끌고 오기 전에, 열 명 이상의 거신족 정찰병을 처치하도록 하자.

정찰병을 많이 처치해 둘수록, 라페르 일족의 신뢰도는 더욱 높아질 것이다.

퀘스트 난이도 : S (초월)
퀘스트 조건 : '중간자'의 위계를 획득한 자.
'라페르 일족의 거점'을 발견한 자.
'균열의 지도' 아이템 보유.
클리어 조건 : 거신족 정찰병 처치 (0/10)
*초과 달성 시 추가 보상을 받습니다.
제한 시간 : 60분
보상 : 용족 '라페르' 종족 공헌도 +200
*클리어 조건 추가 달성 시 거신족 정찰병 하나 당 50의 공헌도 획득.
최종 보상 : '마력의 심장' 아이템 획득.

> 용족 '라페르' 종족 공헌도 +500획득.
> 명성(초월) +500
> *거절하거나 포기할 시 소멸되는 퀘스트입니다.
> (페널티 없음)

 퀘스트 내용은 대체로 프림슨에게 들은 내용과 비슷하였지만, 그래도 이안은 한 가지 사실을 새롭게 확인할 수 있었다.

 60분이라는 퀘스트 제한 시간과 퀘스트 내용에 있는 '지원군'이라는 단서를 가지고 하나의 사실을 유추해 낸 것이다.

 '그러니까 60분 뒤에는 지원군이 온다는 얘기네?'

 하여 이안은, 머리를 빠르게 굴리기 시작하였다.

 이 지원군을 이용해서 기존에 가지고 있던 퀘스트들까지 손쉽게 클리어할 수 있을지도 모른다는 판단을 한 것이다.

 '라페르 일족의 지원군이 순순히 균열 아래까지 따라와 줄지는 모르겠지만, 시도해 볼 가치는 충분히 있겠지.'

 이런저런 생각을 정리한 이안은 프림슨과 가볍게 작별 인사를 하였다.

 "그럼 좀 있다 보자고, 프림슨. 네가 오기 전까지 정찰병들을 처치해 놓을 테니 말이야."

 그리고 긍정적인 이안의 말에, 프림슨의 얼굴은 환하게 변하였다.

 "좋아. 고마워, 이안. 장로님들이 무척 기뻐하실 거야!"

짧은 인사를 끝으로, 이안은 바삐 걸음을 옮겼다.

주어진 60분이라는 시간은 지금도 흘러가고 있었고, 초과달성 보상이 있는 퀘스트에서 시간은 금과도 같았으니 말이다.

관리자 프림슨으로부터 퀘스트를 받은 뒤, 이안에게는 작은 변화가 하나 생겼다.

이제까지는 보이지 않았던, 균열 곳곳의 희미한 자줏빛 기운이 보이기 시작한 것이다.

주먹만 한 돌부터 시작하여 가늠이 되지 않을 정도의 거대한 크기를 가진 바위까지.

균열을 부유하는 이 돌덩이들의 곳곳에서 희미하게 빛이 일렁이는 것을 확인할 수 있게 된 것이다.

그리고 이안은, 직감적으로 알 수 있었다.

그것이 루가릭스와 프림슨이 말했던 '차원의 운석 파편'과 관련된 것임을 말이다.

'이렇게 균열 여기저기에 산재해 있는 자원이면 굳이 거신족들과 싸우려고 하는 이유가 뭐지?'

문득 떠오른 의아함에, 고개를 갸웃하는 이안.

하지만 잠시 후 목적지에 도착하자, 이안이 가졌던 그 의

문은 곧바로 풀릴 수밖에 없었다.

거신족들이 지키고 있는 커다란 대지의 안쪽에서 이제까지와는 비교도 할 수 없을 정도로 강력한 기운이 흘러나오고 있었던 것이다.

허공에 부유하는 파편들이 머금고 있던 자줏빛이 안력을 집중해서 봐야 보일 정도의 희미한 빛깔이었다면, 거신족들이 지키고 있는 거대한 바윗덩이들은 표면의 색깔이 아예 자줏빛이라 느껴질 정도로 강렬하게 발광하고 있었다.

"후우, 그나저나 생각했던 것보다 거신족 병력이 많은데……. 조심해서 싸움을 걸어야겠어."

둘의 정찰병에게 협공당할 때도 공격을 피해가며 전투하기가 쉽지 않았으니, 최대한 정찰병을 하나씩 빼다가 싸우는 게 현명하다고 판단한 것이다.

하여 전장의 지형과 거신족의 전력을 꼼꼼히 살펴본 이안은 지체하지 않고 외곽으로 잠입하기 시작하였다.

만약 계산한 대로만 상황이 흘러간다면, 이안은 60분 동안 열 마리가 아닌 스무 마리까지도 거신족 정찰병을 잡아 낼 자신이 있었다.

"흐흐, 이안이라면 지금쯤…… 라페르 일족의 거점을 찾아냈겠지."

 암천궁 구석에 있는 작은 정자.

 까만 망토를 두른 세 남자가 오순도순(?) 둘러앉은 채, 대화를 나누고 있었다.

 "루가릭스 님, 괜찮으신 겁니까?"

 "뭐가?"

 "저희가 본 그 이안이라는 인간은 분명히 라페르 일족이 주는 임무도 다 완수해 낼 겁니다."

 "맞습니다. 분명 임무를 다 마치고 돌아올 겁니다."

 그들의 정체는 바로, 마카론과 다카론, 그리고 루가릭스.

 현재 암천궁에서 가장 한가한(?) 세 인물이, 구석에서 모여 잡담을 떨고 있었던 것이다.

 루가릭스야 궁주에 의해 발이 묶여 있으니 강제로 한가한 것이었고, 마카론과 다카론은 새로운 수험자가 나타나질 않고 있기 때문에 한가한 것이었다.

 "물론 이안 그 괴물은 라페르 일족의 임무도 전부 해낼 수 있을 거야."

 "그, 그럼……?"

 "포기하신 겁니까, 루가릭스 님?"

 두 눈을 동그랗게 뜬 채, 아련한 표정으로 루가릭스를 응시하는 마카론과 다카론.

 그런 둘의 반응에, 루가릭스가 발끈하며 대답하였다.

"포기라니! 그런 불길한 말은 입에 담지도 말도록!"
"……?"
"난 절대로 그 괴물 같은 인간을 다시 만날 생각이 없으니까 말이야."
이어서 씨익 웃으며 말을 잇기 시작하였다.
"마카론, 다카론, 설마 균열을 지배하는 강력한 차원 마력의 힘을 잊은 건 아니겠지?"
"엇!"
"생각해 보니……?"
"우리야 이미 오랜 시간동안 균열을 오가며 적응됐지만, 처음 균열에 들어간 이안에게는 그게 아니란 말이지."
뭔가를 상상한 것인지, 흡족한 표정이 된 루가릭스는 계속해서 말을 이어 갔다.
"물론 이안이 언령 마법을 포기하고 이곳으로 돌아온다면 어쩔 수 없겠지만, 녀석은 절대로 그럴 수 없을걸?"
마카론이 물었다.
"어째서요?"
"그야, 이안 녀석의 욕심이 엄청나기 때문이지."
"음……?"
루가릭스는 양손을 비비며 음흉한(?) 표정으로 다시 입을 열었다.
"기왕이면 욕심내다가 거신족 대장군이라도 만났으면 좋

겠다. 거신족 감옥에 갇혀 버렸으면 좋겠어."

그렇게 루가릭스는, 본인의 희망사항을 주저리주저리 얘기하기 시작하였다.

시간은 순식간에 지나갔다.

벌써 이안이 거신족의 영역에 진입한 지도, 50분이 다 되어 가는 것이다.

주어진 60분이라는 시간이 이제 15분도 채 남지 않은 것.

하지만 당초 예상과 달리, 이안의 실적은 그다지 좋지 않았다.

초과 보상을 달성하기는커녕, 아직까지도 열 마리의 거신족을 전부 처치하지 못한 상황이었으니 말이다.

띠링-!

-'거신족 정찰병'을 성공적으로 처치하였습니다.

-가문 '암천'에 대한 공헌도가 5만큼 증가합니다.

-'지저금화' 재화를 281만큼 획득했습니다.

-'거신족 정찰병의 군번줄' 아이템을 획득하셨습니다.

-경험치를 4,822만큼 획득하였습니다.

-'언령 마법의 비밀 I (히든)(연계)' 퀘스트의 조건을 일부 달성하셨습니다.

-거신족 정찰병 처치(9/10)

-남은 제한 시간 : 00:11:48

쿠웅-!

쓰러지는 거대한 거신족의 몸뚱이를 피해 뒤편으로 몸을 날린 이안은, 온몸이 땀에 젖은 채로 거칠게 숨을 몰아쉬었다.

"허억, 허억……."

그리고 그것은 이안뿐만이 아니었다.

"후욱, 폐하, 조금만 쉬었다가 움직여도 되겠나이까. 숨이 너무……!"

"죽겠다, 주군 놈아. 움직이기가 너무 힘들다."

푸르르릉-!

가신 헬라임과 카이자르를 비롯하여, 전투에 참여했던 모든 소환수까지도 온몸에 비지땀을 흘리면서 힘들어하고 있었던 것이다.

때문에 이안으로서는, 그야말로 진퇴양난의 상황이라 할 수 있었다.

'후, 이게 피로가 누적될수록 점점 가속화되는 시스템이었구나…….'

처음 거신족 정찰병을 상대했을 때, 이안 일행은 무척이나 순조롭게 그들을 처치할 수 있었다.

처음 세 놈을 처치할 때까지만 해도 제한 시간이 10분도 채 지나지 않았으니 처음 이안이 생각했던 것 이상으로 빠른 페이스였던 것이다.

 하지만 다섯 마리가 넘어가기 시작하자, 얘기는 완전히 달라졌다.

 이안을 비롯한 일행들 모두가 급속도로 지쳐 갔으며, 한 놈 한 놈 처치할 때마다 처치하는 데 소모되는 시간이 기하급수적으로 증가한 것이다.

 하여 방금 전 녀석을 처치하는 데에는, 거의 10분 가까운 시간이 걸리고 말았다.

 이대로라면 시간 내에 퀘스트 성공 조건을 달성하는 것조차 아슬아슬하기 그지없는 상황이었다.

 '후우, 역시 여긴 최악의 사냥터야.'

 뺨을 타고 주르륵 흘러내리는 땀을 닦아 낸 이안은, 곧바로 다음 타깃을 찾기 위해 움직이기 시작하였다.

 이안 본인도 잠깐 쉬고 싶다는 생각은 간절하였지만, 일단 퀘스트 조건은 달성해야 쉴 수 있는 것이다.

 '분명히 연계 퀘스트는 여기서 끝이 아닐 텐데……. 생각보다 더 힘든 여정이 될 수도 있겠어.'

 최초에 생성됐던 트리플 에스 등급의 난이도로 못해도 세 번에서 다섯 번 정도는 퀘스트가 연계될 확률이 높았다.

 그리고 그 모든 퀘스트가 이런 식이라면, 아무리 이안이라 하더라도 체력이 남아날 수가 없었다.

 '일단 마지막 한 놈 처치하고 나서 생각하자. 여기까진 충

분히 해낼 수 있어.'

 이안은 젖 먹던 힘까지 다하여 마지막 열 번째 거신족 정찰병을 공격하기 시작하였다.

 조금 위험하더라도 공격적으로 움직여 창극을 꽂아 넣었으며, 이제 마지막 전투라는 생각으로 소환수들과 가신들의 모든 고유능력을 죄다 쏟아부은 것이다.

 그리고 그 결과…….

 쿵-!

 60분의 제한 시간이 끝나기 정확히 1분 전에, 퀘스트의 조건을 전부 달성할 수 있었다.

 띠링-!

 -'거신족 정찰병'을 성공적으로 처치하였습니다.

 -가문 '암천'에 대한 공헌도가 5만큼 증가합니다.

 ……중략……

 -'언령 마법의 비밀 I (히든)(연계)' 퀘스트의 조건을 전부 달성하셨습니다.

 -거신족 정찰병 처치(10/10)

 -남은 제한 시간 : 00:01:03

 "됐다아!"

 퀘스트 조건 달성 메시지를 보자마자 그대로 다리에 힘이 풀린 것인지, 아이언의 등에 풀썩 주저앉는 이안.

 이안은 거신족들의 시선이 닿지 않는 구석으로 일단 일행을 움직여 이동하였고, '프림슨'이 지원군을 데리고 올 때까지 최대한 휴식을 취하기로 하였다.

어차피 휴식 가능한 시간은 1분밖에 되지 않을 테지만, 그거라도 쉬지 않으면 체력이 남아나질 않을 것 같았기 때문이었다.

'후우, 다음 퀘스트가 벌써부터 걱정되네. 조금 여유가 있었으면 좋겠는데…….'

평소와는 다르게, 정말 이안답지 않은 생각을 떠올릴 수밖에 없는 상황.

하지만 다음 순간, 이안은 생각을 달리먹게 되었다.

띠링-!

"어어?"

바위에 기대어 앉아 쉬고 있던 이안의 눈앞에 생각지 못했던 종류의 새로운 시스템 메시지가 떠오른 것이다.

-차원 마력의 압박 속에서 한계 이상의 움직임을 달성했습니다.

-달성률 : 348퍼센트

-달성률이 적용되어 '차원 마력 저항력' 능력치가 9만큼 증가합니다.

-차원 균열의 힘으로 인한 압력이 눈에 띄게 줄어듭니다.

-둔화 효과가 4.5퍼센트만큼 감소합니다. (47퍼센트→42.5퍼센트)

-'차원 마력 저항력'을 제외한 모든 종류의 저항력이 0.3퍼센트만큼 회복됩니다. (-28.2퍼센트→-25.5퍼센트)

-역류하는 차원의 힘에 조금 더 적응하였습니다.

-움직임이 가벼워집니다.

상황을 한 번에 이해하지 못한 이안은 두 눈을 끔뻑이며 시스템 메시지를 다시 꼼꼼히 읽어 내려갔다.

이안이 시스템 메시지를 살피며 휴식을 취하는 사이 퀘스트의 제한 시간이었던 60분은 금방 다가왔고, 정확히 60분이 지나자 거신족 진영으로 프림슨을 비롯한 라페르 일족의 지원군이 나타났다.

이안은 체력 소모로 인해 아직까지도 몸이 천근만근 무거웠지만, 일단 그들을 맞기 위해 자리에서 일어났다.

이어서 선두에 있던 프림슨이 이안을 발견하고는 포롱포롱 날개를 움직이며 다가왔다.

"훌륭하군, 인간! 정말 정찰병 열을 처치해 놓을 줄은 몰랐는데 말이야."

감탄 섞인 프림슨의 말에 이안은 대수롭지 않은 표정으로 대답하였다.

"뭐, 이 정도야 거뜬하지."

방금 전까지만 해도 죽을 상이었던 이안의 표정이 밝아진 것은, 아무래도 저항력이 올랐다는 시스템 메시지 덕분일 것이었다.

"오오, 조금 건방지긴 하지만, 패기가 마음에 드는 인간이로군."

프림슨에게 간결하게 대답한 이안은 곧바로 그의 뒤에 따라온 지원군들의 면면을 살피기 시작하였다.

이어서 이안은 흥미로운 표정이 될 수밖에 없었다.

그들의 외형이 이안이 예상했던 모양새와 많이 달랐기 때문이었다.

'뭐지? 라페르 종족이라고 다 같은 생김새를 가진 게 아닌가?'

이안은 프림슨이 원군을 끌고 온다고 하였을 때만 해도 당연히 그와 비슷하게 생긴 꼬마 도마뱀들이 나타날 것이라고 생각했었다.

그런데 지금 이안의 앞에 나타난 라페르 일족들은, 프림슨을 제외하면 전부 귀여움과는 거리가 있었다.

몸집도 이안보다 좀 더 큰 수준이었으며, 전반적으로 탄탄한 근육을 가진 이족보행 도마뱀들이었으니 말이다.

그리고 그런 이안의 의문을 느낀 것인지, 프림슨이 간단하게 설명해 주었다.

"아, 이 친구들은 우리 라페르 종족의 전사들이야. 우리 종족을 지켜 주는 고마운 친구들이지. 나와 달라서 좀 놀랐지?"

프림슨의 물음에, 이안은 고개를 갸웃하며 다시 되물었다.

"전사? 너는 전사가 아니야?"

프림슨이 맨들맨들한 머리를 긁적거리며 대답하였다.

"난 태생적으로 학자의 핏줄을 가지고 태어났어. 내가 할 줄 아는 것은 오직 언령 마법을 연구하는 일. 난 싸움을 할 줄 몰라."

싸움을 할 줄 모른다는 말을 듣자마자, 이안은 곧바로 카카가 떠올랐다.

'그럼 저 친구도 지능 몰빵에…… 한 대 잘못 맞으면 비명횡사할 수준의 스텟인 건가?'

하지만 이안의 생각은 더 길게 이어질 수 없었다.

퀘스트가 완료되었다는 시스템 메시지가 생성됨과 동시에 다음 연계 퀘스트가 떠올랐으니 말이었다.

띠링-!

-'언령 마법의 비밀 I (히든)(연계)' 퀘스트를 성공적으로 완수하셨습니다.

-달성도 100퍼센트/추가 달성 0퍼센트

-용족 '라페르'종족 공헌도를 200만큼 획득하였습니다.

-'언령 마법의 비밀 II (히든)(연계)' 퀘스트가 발동됩니다.

그리고 추가 달성 0퍼센트라는 수치를 본 이안은, 아쉬운 표정으로 입맛을 다셨다.

표기된 난이도에 비해 시간 내 클리어가 어려웠던 이유를 이제는 명확하게 깨닫고 있었으니 말이다.

'차원 마력 저항력을 좀 올려 놓고 퀘스트를 천천히 진행했더라면, 추가 달성 보상도 충분히 받았을지도······.'

하지만 적어도 퀘스트에 실패하지는 않았으니, 그렇게까지 아쉬울 것은 없는 상황.

'반나절 내로 이 저항력 스텟이 어떤 알고리즘에 의해 오르는 건지 파악해 내야겠어. 저항력만 100까지 만들어 낼 수 있다면, 균열 맵 전체를 씹어 먹을 수 있을 테니 말이야.'

이런저런 계획을 세우던 이안은 새로 떠오른 연계 퀘스트를 확인해 보았다.

그리고 연계 퀘스트의 내용은 무척이나 간결하였다.

언령 마법의 비밀Ⅱ(히든)(연계)

당신은 거신족 정찰병들을 처치하여 가진바 용맹과 능력을 입증하는 데 성공하였다.

······중략······

하여 이제 당신이 해야 할 일은 라페르 일족의 전사들을 도와 첫 번째 광맥을 탈환하는 것.

최대한 열심히 활약하여, 라페르 일족의 광맥 탈환을 돕도록 하자.

전투에서 당신이 기여한 정도에 따라 라페르 일족으로부터 더 많은 보상을 받을 수 있을 것이다.

퀘스트 난이도 : B+~S+ (초월)

퀘스트 조건 : '중간자'의 위격을 획득한 자.

'균열의 지도' 아이템 보유.

'언령 마법의 비밀Ⅰ(히든)(연계)' 퀘스트 클리어.

클리어 조건 : 첫 번째 광맥을 지키는 거신족 섬멸/전투 기여도 10퍼센트 이상 달성.

> *초과 달성 시 추가 보상을 받습니다.
> 제한 시간 : 없음
> 보상 : 용족 '라페르' 종족 공헌도 +300
> *클리어 조건 추가 달성 시 전투 기여도 1퍼센트당 10의 공헌도 획득.
> 최종 보상 : '마력의 심장' 아이템 획득.
> 용족 '라페르'종족 공헌도 +500획득.
> 명성(초월) +500
> *거절하거나 포기할 시 소멸되는 퀘스트입니다.
> (페널티 없음)

'난이도가 B+에서 S+까지 범위 설정으로 되어 있는 이유는 NPC들과 함께하는 퀘스트이기 때문이겠지?'

전투 기여도가 10퍼센트라는 것은 광맥을 지키는 거신족의 일할만 처치하면 퀘스트를 클리어할 수 있다는 이야기.

아마 최소한의 클리어 조건 달성 난이도가 B+로 설정된 것일 터였다.

'적극적으로 싸움에 가담할수록 난이도는 더 올라가는 것일 테고······.'

퀘스트 창을 꼼꼼히 확인하는 이안을 향해, 프림슨의 말이 다시 이어졌다.

"자, 그럼 광맥을 탈환하기 위해 곧바로 움직여 보자고."

이안은 고개를 끄덕이며 프림슨의 뒤를 따랐다.

"그러도록 하지. 후딱 해치워 버리자."

멀찍이 보이는 거신족들을 한차례 응시한 이안의 두 눈이 반짝였다.

 프림슨을 따라 거신족 진영 안쪽으로 조금 움직이자, 첫 번째 광맥은 어렵지 않게 찾아낼 수 있었다.
 그리고 그때부터, 이안의 체력과 정신력을 시험하는 지옥 같은 전투가 시작되었다.
 "후욱, 후욱—."
 그나마 차원 마력 저항력이 9포인트가 오른 덕에 첫 번째 연계 퀘스트를 진행할 때보다는 한결 거동이 편해졌지만, 그렇다고 하더라도 아직까지 온몸을 짓누르는 차원 마력의 힘은 계속해서 이안의 체력 소모를 가속화 시킨 것이다.
 하지만 몸이 힘들지언정, 이안의 정신력은 점점 더 또렷해져 갔다.
 탐구해야 할 대상과 목표가 생겼으니 말이었다.
 '한계를 넘을수록 더 많은 저항력을 얻을 수 있다니……. 손 하나 까딱할 수 없을 때까지 미친 척하고 한번 싸워 봐야겠어.'
 첫 번째 연계 퀘스트를 클리어하고 떠올랐던 시스템 메시지의 내용 중 이안이 생각하는 키워드는 두 가지 정도였다.
 그것은 바로 '한계 이상의 움직임'이라는 단어와 '달성률'

이라는 단어.

이 두 가지 단어의 의미를 파악한다면, 시스템 구조를 명확하게 알 수 있을 것 같았다.

'달성률이 높아질수록 시간 대비 얻을 수 있는 저항력이 높아지는 것 같은데……'

이안은 우선 수치화되어 있는 '달성률'에 주목하였다.

달성률을 어떻게 하면 가장 효과적으로 극대화시킬 수 있는지가, 이 저항력이라는 스텟을 얻는 데 가장 중요한 열쇠일 것 같았기 때문이었다.

'이건 분명 균열 안에서 머문 시간에 비례하는 것도 아니고, 처치한 적의 숫자에 비례한 것도 아니야. 그렇다면 남은 것은……'

하여 이안이 주목한 것은, 바로 카일란의 시스템 중 하나인 '피로도'였다.

'한계 이상의 움직임'이라는 단어의 의미가, 피로도 한계치에서의 움직임을 의미하는 것이라고 유추한 것이다.

그리고 첫 번째 광산 탈환에 성공했을 무렵, 이안은 점점 더 확신을 갖기 시작하였다.

-차원 마력의 압박 속에서 한계 이상의 움직임을 달성했습니다.

-달성률 : 428퍼센트

-달성률이 적용되어 '차원 마력 저항력' 능력치가 15만큼 증가합니다.

-현재 차원 마력 저항력 : 25

-차원 균열의 힘으로 인한 압력이 눈에 띄게 줄어듭니다.

-둔화 효과가 6퍼센트만큼 감소합니다.(42.5퍼센트 → 36.5퍼센트).

-'차원 마력 저항력'을 제외한 모든 종류의 저항력이 4.5퍼센트만큼 회복됩니다(-25.5퍼센트 → -21퍼센트).

-역류하는 차원의 힘에 조금 더 적응하였습니다.

-움직임이 가벼워집니다.

 열 명의 정찰병을 처치할 때보다 오히려 더 짧은 시간 동안 전투하였음에도 불구하고, 차원 마력 저항력 능력치는 훨씬 많이 획득하였으니 말이었다.

 '역시 최대 피로도에서 쉬지 않고 전투를 감행하니, 저항력이 훨씬 빨리 오르는 거였어.'

 예상했던 대로 시스템이 움직이는 게 보이자, 이안은 점점 더 신이 났다.

 피로도는 이미 오래 전부터 최대치를 찍고 있었지만, 왠지 몸은 더 가벼워진 느낌이었다.

 마치 마라토너들이 체력의 한계에 달했을 때 마지막 순간에 경험할 수 있다는, 그런 쾌감 같은 기분이라고 해야 할까?

 "허억, 허억, 폐하, 존경스럽습니다."

 "후우……. 내 주군이지만 정말 대단하군."

 항상 건방짐을 잃지 않던 카이자르조차 경의(?)를 표할 정도였으니, 이안이 얼마나 몸을 혹사시키고 있는지 충분히 알 수 있었다.

-'언령 마법의 비밀Ⅱ(히든)(연계)' 퀘스트를 클리어하셨습니다!

-전투 기여도 : 12.5퍼센트

-용족 '라페르' 종족 공헌도를 300만큼 획득하였습니다.

-기여도 추가 달성으로 인해, 25만큼의 공헌도를 추가로 획득합니다.

-'언령 마법의 비밀Ⅲ(히든)(연계)' 퀘스트가 발동됩니다.

피로도로 인한 움직임의 한계 때문에 추가 공헌도는 많이 획득하지 못했지만, 이안은 이제 조금도 아쉽지 않았다.

디버프로 인한 움직임의 제약이 눈에 띄게 풀어지는 것이 느껴졌으니, 배가 부를 수밖에 없는 것이다.

"이안, 너무 힘들어 보이는데……. 다음 광맥을 공략하는 건 조금 쉬었다가 할까?"

NPC인 프림슨마저 이안이 걱정되는 것인지 잠시간의 휴식을 제안하였지만 이안은 손사래를 치며 고개를 절레절레 저었다.

"무슨 소리! 다섯 번째 광맥까지 스트레이트로 탈환하자고."

"허허, 뭐 그렇다면야……."

프림슨은 그의 근성에 혀를 내둘렀지만, 사실 이것은 이안의 입장에서 당연한 것이었다.

조금이라도 쉬는 순간 피로도가 떨어질 것이었고, 그럼 같은 시간 대비 얻을 수 있는 저항력의 수치가 줄어든다는 이야기였으니 말이다.

'자, 이대로 광맥 다섯 개 전부 탈환할 즈음 되면……. 거의 80~90까지 저항력을 올릴 수 있겠어.'

하여 이안과 라페르 일족은 쉬지 않고 계속해서 광맥을 탈환하였다.

그 과정에서 솔바르로부터 받은 'C. 거신족 정찰대장 처치' 퀘스트까지 완료할 수 있었으니 이제 솔바르의 퀘스트 중에 남은 것은 'B. 거신족 보급 창고 파괴' 퀘스트뿐이었다.

가만히 있어도 다리가 부들부들 떨릴 정도로 힘들다는 것만 제외한다면, 모든 것이 완벽하기 그지없는 상황!

-현재 차원 마력 저항력 : 42

-현재 차원 마력 저항력 : 57

……중략……

-현재 차원 마력 저항력 : 75

수직상승하는 저항력을 확인하자, 이안은 덩실덩실 춤이라도 추고 싶은 심정이었다.

'크, 이제 슬슬 디버프가 걷혀 나가는 게 느껴지는구먼.'

그리하여 마지막 광산을 탈환하고 여섯 번째 연계 퀘스트까지 완수한 그 순간…….

띠링-!

-달성률이 적용되어, '차원 마력 저항력' 능력치가 15만큼 증가합니다.

-현재 차원 마력 저항력 : 90

이안은 정확히 90의 차원 마력 저항력을 달성할 수 있었고…….

"수고했어, 이안. 너 정말 근성이 대단하구나?"

"그대의 용맹과 정신력에 감탄했소. 덕분에 광맥을 다섯 개나 확보할 수 있었으니, 장로님들께서 무척이나 기뻐하실 것이오."

쏟아지는 라페르 일족의 칭찬 속에 이안은 라페르 일족의 첫 번째 시험을 깔끔히 통과할 수 있었다.

"후후, 별말씀을."

무려 여섯 개의 연계 퀘스트를 단 하루 만에 완수해 버린 이안.

그리고 이것은, 루가릭스가 당초에 예상했던 것보다 거의 다섯 배에 가깝게 빠른 속도라고 할 수 있었다.

원래 이 연계 퀘스트들은, 하나를 클리어하고 나면 피로도가 전부 회복될 때까지 쉬도록 의도하여 기획된 퀘스트였으니 말이다.

용족과 개신족 下

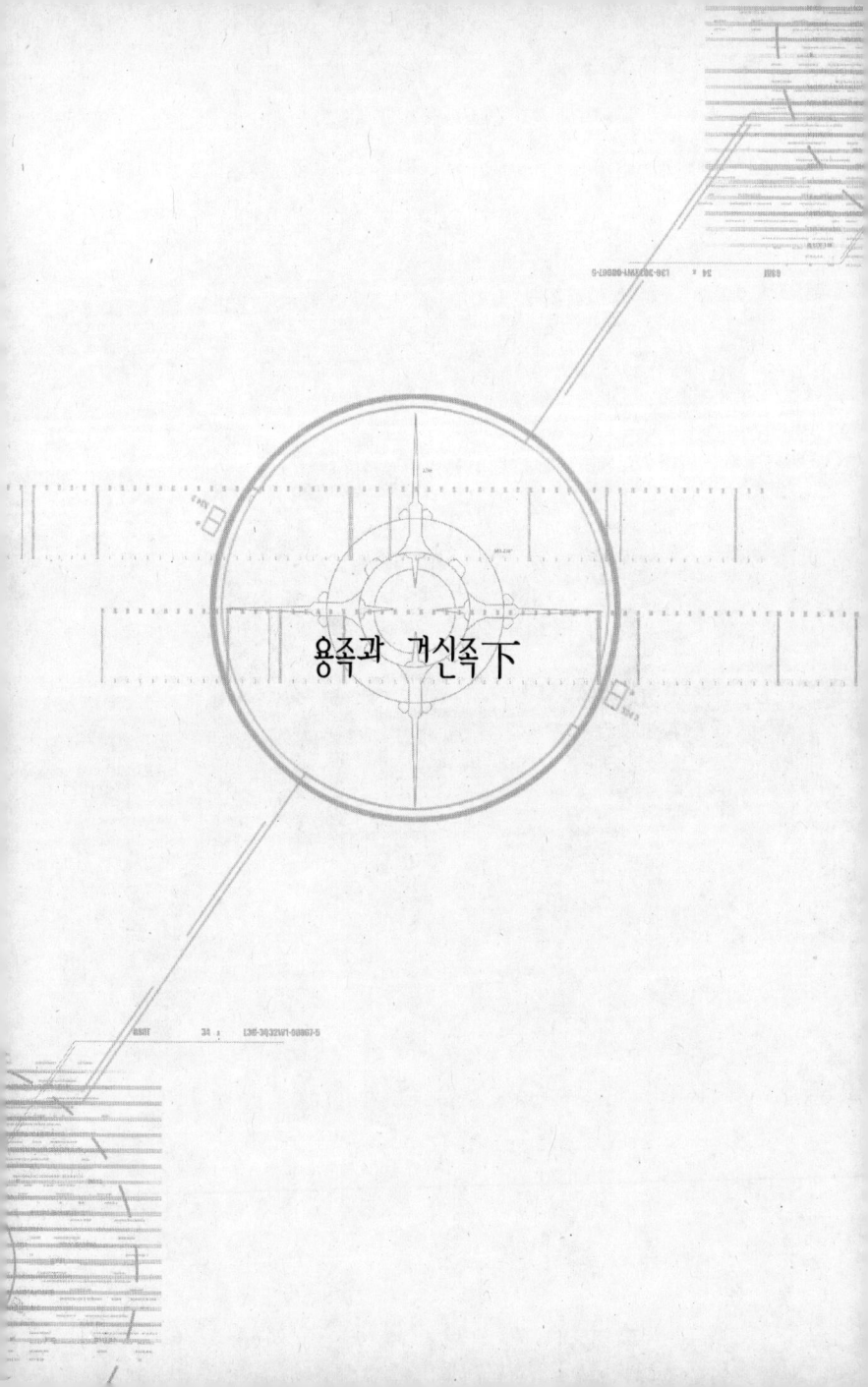

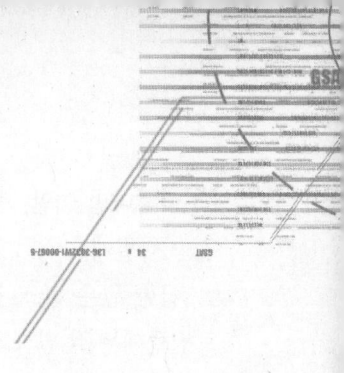

 연속해서 여섯 번이나 이어진 '언령 마법의 비밀' 연계 퀘스트를 클리어하는 동안 이안의 퀘스트 달성 등급과 추가 달성률은 점점 더 높아질 수밖에 없었다.

 첫 번째 연계 퀘스트에서는 추가 달성을 아예 하지 못했었던 반면, 마지막 퀘스트에서는 거의 한계치까지 추가 달성 보상을 받아 낸 것이다.

 피로도가 회복된 것도 아닌데 이것이 가능했던 이유는, 당연히 '차원 마력 저항력'이 급상승했기 때문이었다.

 마지막 퀘스트를 진행할 때에 이미 70이 넘는 차원 마력을 보유하고 있었으니 이안의 체감 난이도는 거의 반 토막으로 줄어들 수밖에 없었다.

"그렇다면 이안, 충분히 휴식을 취하고 우리 거점으로 오길 기다릴게."

"급한 일은 없으니 푹 쉬고 천천히 오도록 하시오. 내 장로님들께는 잘 말해 놓겠소이다."

프림슨은 물론, 라페르 전사들의 수장으로 보이는 NPC인 클리튼까지.

진심으로(?) 자신을 걱정하는 모습에, 이안은 헛웃음을 지을 수밖에 없었다.

"하, 하핫, 알겠습니다. 그럼 내일 다시 뵙도록 하지요."

그리고 이들이 이렇게 자신에게 호의적인 이유를 이안은 어렵지 않게 짐작할 수 있었다.

'공헌도를 거의 5천 가깝게 쌓았으니까, 뭐……'

어쩌다 보니 동맹 가문인 암천궁과의 공헌도보다도 이곳 라페르 일족에 쌓은 공헌도가 훨씬 더 높아진 것이다.

'아마 일족의 시험을 다 통과하고 나면, 이 공헌도를 소모해서 뭔가 라페르 일족의 특산품(?) 같은 걸 매입할 수 있겠지. 그게 언령 마법 마법서였으면 좋겠는데……'

머릿속으로 이런저런 상상을 떠올리며 행복한 꿈을 잠시 꾼 이안은, 라페르 일족의 거점 근처에서 일단 로그아웃을 하였다.

아무리 이안의 게임 체력이 괴물같이 튼튼하다고 하더라도 이미 한계 이상의 플레이를 진행한 상황.

'마음 같아서는 저항력 맥스 찍을 때까지 계속 창을 휘두르고 싶지만……'

여기서 더 움직였다가는 정말 현실에서 병원에 실려 갈 수도 있을 것 같았기에, 이안은 로그아웃하고 캡슐 바깥으로 빠져나왔다.

위이잉- 철컥-!

부드러운 기계음과 함께 편안하게 열리는 이안의 게임 캡슐.

오랜만에 현실과 마주한 이안은 주변을 두리번거리며 하린을 찾았다.

"근데 하린이는 어디 갔지? 지금쯤이면 집에 있을 시간인데……."

그리고 하린을 찾다 보니 그녀에게 맡겨 두었던 심부름도 머릿속에 떠오를 수밖에 없었다.

'아, 그러고 보니 오렌이에게 계약서 보낸 건 어떻게 됐으려나? 어제나 그제쯤 방송 날짜 잡혔을 텐데.'

하지만 이안의 생각은 더 이상 이어질 수 없었다.

침대에 몸을 누이자마자 정말 거부할 수 없을 정도로 강력한 졸음이 쏟아지기 시작했으니 말이다.

'그래 일단 좀 자고 생각……'

그렇게 이안은, 머릿속에 떠오르던 생각을 정리하기도 전에 스르르 잠에 빠지고 말았다.

라오렌이 비룡의 알 판매 방송을 시작한 시점은, 막 '비룡의 알'이라는 것에 대해 세계적인 관심이 쏟아질 무렵이었다.

 하여 라오렌은 이 홈쇼핑(?) 방송을 한국 서버에 한정시켜 진행하는 것이 너무 아쉽다는 생각을 하였다.

 '어차피 한국 서버에서만 진행되도 완판은 따 놓은 당상이겠지만……. 그래도 낙찰가를 올리려면 글로벌로 진행해야겠지?'

 그렇다면 라오렌이 한국어 외에 세계 각국의 언어를 소화할 수 있는 실력이 되는 것일까?

 그건 당연히 아니었다.

 서울 토박이인 라오렌은 사실 언어 영역 점수도 바닥이었으니 말이다.

 하지만 공부는 못할지언정 잔머리 하나는 자부심이 있는 라오렌.

 그가 생각해 낸 방법은, 각국 서버의 유저들을 하나씩 영입하는 것이었다.

 어차피 경매는 카일란 안에서 진행할 것이고, 해외로 송출되는 영상을 해당 서버의 유저 시점에서 보는 영상으로 한다면, 따로 통역을 구하거나 하지 않아도 자연스레 동시통역이 되는 셈이었으니 말이다.

카일란의 동시통역 시스템을 최대한 효과적으로 이용한 것.

이것은 계획을 듣던 하린까지도 감탄하게 만든 잔머리라 할 수 있었다.

"한번 열심히 팔아 보세요. 매출 잘 나오면, 제가 이안이한테 인센티브 좀 떼어 주라고 얘기해 줄 테니까요."

"크윽…… 역시 형수님밖에 없습니닷!"

하린이 제시한 당근으로 인해 동기부여까지 확실하게 된 라오렌은, 본인이 갖고 있는 모든 인프라를 동원하여 방송 홍보에 나섰다.

계획 변경으로 인해 방송 일정이 약간 미뤄졌지만, 그런 것은 상관없었다.

글로벌 서버에 홍보가 시작되자, 그야말로 반응이 폭발적이었기 때문이다.

홈쇼핑 자체를 사기라고 단정 짓는 유저들부터 시작해서…….

-뭐라고? 비룡의 알을 경매로 판매하는 홈쇼핑이 등장했다고?
-그게 말이 돼? 지금 없어서 못 구하는 게 비룡인데, 어떤 사기꾼들이 그걸 판다는 거야 대체?
-에이, 사기꾼이라니. 비룡이 귀하기는 하지만, 그래도 경매장에 조

금씩 풀리는 것 보면 홈쇼핑으로 팔아도 이상한 건 아니지.

―아니, 비룡이 아니고 비룡의 알이라잖아. 너 경매장에 비룡의 알 올라온 거 본 적 있어?

―뭐, 비룡이 있으니 당연히 알도 있겠지?

―하아……. 그럼 그건 그렇다 치고.

―……?

―친구, 너 판매 수량도 확인 안 해 봤지?

―으응?

―판매한다는 수량이 무려 백오십 개야. 백오십 개. 지금 경매장에 풀렸던 비룡 다 합해도 오십 개가 안 될 텐데, 세 배가 넘는 물량을 팔고 있는 거라고.

―허얼. 리얼리?

―그렇다니까.

―미쳤네. 어떤 어그로꾼이 또 사기 친 게 분명하구먼.

모든 비룡의 알을 전부 낙찰받고 말겠다는, 자칭 중국의 재벌 3세까지.

―후후. 비룡의 알 백오십 개라……. 이것만 전부 낙찰받는다면, 용기사단을 만드는 일도 꿈만은 아니겠어.

―님, 꿈꾸셈? 개당 낙찰가가 최소 3천만 골드는 될 텐데, 그럼 얼만지 알기나 함?

-생각보다 싸군. 50억 골드 정도 있으면 가능한 거잖아?

-???

-용돈 몇 달 모으면 되겠는데?

-후우……. 님들 여기 허언증 환자 하나 추가요.

그렇게 수많은 글로벌 유저들의 기대 속에서, 라오렌의 홈쇼핑이 드디어 막을 열었다.

이안이 침대에서 기절해 있던, 바로 그 시각에 말이다.

"반갑습니다, 여러분. 유캐스트의 BJ이자, 로터스 길드 마스코트인 라오렌입니다."

채널이 열리고 라오렌의 첫 인사가 떨어지자마자, 각국 서버의 채팅 창은 또다시 폭주했다.

-오오, 로터스 길드라고? 거기 이안갓의 길드 아니야?

-맞네. 한국 서버 유저라는 건 들었는데, 로터스일 줄이야. 이거 이러면 신뢰도가 더 올라가는데?

-됐고, 어서 비룡의 알을 보여 줘라!

-비룡의 알이라는 아이템이 있기는 한 거 맞냐?

-서론은 필요 없다! 빨리 비룡의 알을 보여 줘!

그리고 톱급 BJ답게 여유로운 표정으로 채팅 창들을 확인한 라오렌은, 웃으며 다시 말을 잇기 시작하였다.

"후후, 역시나 여러분께선 몸이 많이 달아 있으시군요."

이어서 단상에 미리 준비해 두었던, 비룡의 알을 향해 오른손을 내뻗었다.

하지만 아직 비룡의 알이 시청자들의 화면에 보이지는 않았다.

연출을 위해 알에는, 붉은 색의 실크가 올려져 있었으니 말이다.

"그럼 우선, 첫 번째 알부터 공개하도록 하겠습니다."

말을 마치며 조심스러운 손짓으로, 붉은 실크를 집어 들기 시작하는 라오렌.

하지만 금방 천을 벗겨 낼 것처럼 움직이던 라오렌은 잠시 멈칫하며 다시 시청자들을 향해 입을 열었다.

"아, 공개하기에 앞서 지금 보여 드릴 이 알은 판매용이 아니니, 일단 입찰을 위해 송금하려고 하셨던 돈은 넣어 두시길 바랍니다."

라오렌의 밀당에, 시청자들은 또다시 광분하기 시작하였다.

-공개해!
-뜸을 들이더라도 물건을 먼저 보여 준 다음에 하란 말이야!

-아오, 내가 저기 가서, 저 빨간 천 쪼가리 확 벗겨 버리고 싶네.
-빨리 경매나 시작하라고. 바쁜 사람들 모였으니까 말이야.

실시간으로 반응을 확인한 라오렌은 저도 모르게 씨익 웃음 지었다.
방송 체질의 BJ인 그로서는, 이런 시청자들의 반응을 실시간으로 확인할 때가 가장 뿌듯하고 재밌었으니 말이다.
"아, 여러분. 일단 진정들 하시고······."
마른침을 한차례 꿀꺽 삼킨 라오렌의 입이 천천히 다시 떨어졌다.
"제가 지금부터 뭘 하려는지 들으신다면, 지금 당장 경매를 시작하지 않아도 충분히 흥미를 느끼실 수 있을 겁니다."

-그게 대체 뭔데?
-뭐든 좋으니 빨리 해 봐라.

말을 마친 라오렌은 손가락을 튕기며 어디론가 신호를 보내었다.
그러자 그와 동시에······.
촤르륵-!
라오렌의 옆에 있던 단상의 빨간 천 대신 그 앞쪽에 있던 푸른 천이 벗겨지며, 다섯 개의 알이 시청자들의 앞에 모습을 드러내었다.

　황금빛의 바탕에, 하얀빛으로 비룡의 문양이 양각되어 있는 신비로운 생김새의 커다란 알들.

　거의 모든 시청자들이 오늘 이 알을 처음 보는 것이었지만, 그들은 직감적으로 깨달을 수 있었다.

　이것이 바로, 그들이 보고 싶어 했던 비룡의 알이라는 것을 말이다.

-와……!
-미친, 진짜 비룡의 알이야?
-가짜로 모형 만들어 놓은 건 아니겠지?
-아오, 게임 속이 아니라서 확인해 볼 방법도 없고. 이거 진짜 답답하네.

　다시 봇물 터지듯 터져 나오는 시청자들의 채팅을 슬쩍 확인하면서 의미심장한 표정이 된 라오렌이 다시 홈쇼핑을 진행하기 시작하였다.

　"자, 일단 이 알들을 여러분께 경매하기 이전에…… 먼저 이것들이 진품이라는 것부터 확인시켜 드려야겠지요?"

-당연하지!
-두말하면 잔소리!

"하여 저 라오렌은, 지금 여러분의 눈앞에 있는 이 다섯 개의 알을 까 보려고 합니다."

라오렌의 파격적인 제안에, 채팅 창은 더더욱 달아오를 수밖에 없었다.

단지 비룡의 알을 경매하는 줄만 알았던 홈쇼핑 인터넷 방송에서, 갑자기 알을 까는 장면까지 생방송으로 보여 주겠다고 하니 흥미가 배가되었음은 당연한 수순인 것이다.

-키야. 역시 라오렌 클래스! 수천만 원짜리 알을 다섯 개나 까겠다는 거야?
-그래 얼른 까 보자! 난 비룡이 어떻게 생겼는지도 아직 제대로 못 봤다고!

하지만 시청자들을 흥분시킬 요소는 여기서 끝이 아니었다.
라오렌이 홈쇼핑을 준비하며 짜 놓은 콘텐츠들은, 아직도 많이 남아 있었으니 말이다.

"이 다섯 개의 비룡의 알을 까기 전에, 이 알들의 주인을 먼저 정하도록 하겠습니다."

알들의 앞에 가까이 다가간 라오렌은 가장 오른쪽에 있던 알을 쓰다듬으며 계속해서 말을 이었다.

"경매가 시작되기 전 이벤트성 판매이다 보니, 알들의 가격은 일괄 3천만 골드로 통일하도록 하겠습니다. 입금되는 선착순으로 알의 주인을 정해 드리도록 하지요."

3천만 골드라는 가격을 부른 라오렌은 침을 꿀꺽 삼키며 카일란 계좌를 오픈하였다.

2~3천만 골드가 비룡의 시세라고는 하지만, 이 큰 가격을 선뜻 입금할 사람들이 과연 있을지 본인조차 의문이 들었기 때문이다.

'아무도 입금 안 하면 이거 진행이 우스워지는데…….'

하지만 그의 걱정이 기우에 불과했다는 것은, 금방 증명되었다.

띠링-!

-중국 서버 유저 XXXX로부터, '30,000,000골드'가 입금되었습니다.

-미국 서버 유저 XXXX로부터, '30,000,000골드'가 입금되었습니다.

……후략……

순식간에 십수 명이 넘는 유저들이 라오렌의 계좌에 3천만 골드를 꽂았기 때문이다.

당황한 라오렌은 선착순 다섯 명을 제외한 나머지 유저들의 송금을 반환하고는, 다시 방송을 진행하였다.

"하하, 시작하자마자 많은 분들이 관심을 보여 주시는군요."

라오렌은 다섯 개의 알들을 쭉 가리켰다.

"이제 이 다섯 개 알들의 주인은 전부 정해졌습니다."

그리고 이어진 라오렌의 이야기는, 시청하던 모든 유저들을 극도로 흥분 상태에 빠뜨렸다.

라오렌이 비룡의 알에 대한 새로운 정보를 하나 공개하였고, 그 정보로 인해 비룡의 알에 대한 가치가 몇 배는 훌쩍 뛰어 버렸으니 말이었다.

"그리고 이 다섯 개의 알들 중에서 비천룡이 태어나는 알도 하나쯤 나와 줬으면 좋겠군요."

라오렌의 말이 떨어짐과 동시에, 시청자들의 눈앞에 공개된 '비룡의 알'에 대한 정보.

*용족 '비룡'이 잉태되어 있는 알입니다. 낮은 확률로 '비천룡'이 태어날 수도 있습니다.

그것이 공개된 순간, 유캐스트 서버가 터져 나갈 정도로 트래픽이 폭주하기 시작하였다.

비룡과 비천룡의 이름과 생김새는 비슷하지만, 비룡이 진화하여 비천룡이 될 수 있다는 사실을 아는 유저는 거의 없다.

확실하지는 않지만, 아직 이안밖에 모르는 사실일 확률이 높은 것이다.

비룡이 비천룡으로 진화하려면 '황금빛 비늘'이 필요한데, 이 비늘을 얻을 수 있을 정도로 많은 비룡을 파밍한 유저가 이안 말고 또 있기는 힘들었으니, 그가 공개하지 않은 이상 알려질 수가 없다고 봐도 무방하였다.

게다가 얼마 전, 유럽 서버의 랭커 중 하나가 '진화 가능' 비룡을 사다가 '황금빛 안장'으로 진화시킨 것을 커뮤니티에 자랑한 적이 있었기 때문에, 현재 비룡의 진화체는 철갑룡이라고 통상적으로 알려져 있었다.

때문에 최근 커뮤니티의 유저들 사이에는 이 비천룡이라는 소환수에 대한 의견이 무척이나 분분한 상황이었다.

-비천룡은 그럼 비룡의 상위 호환 콘셉트로 만들어진 소환수일까? 경매장에 올라왔던 거 보니까 등급도 일반 비룡보다 한 등급 높던데……

-생긴 게 비슷한 거 보면 진화 가능성도 무시할 순 없지만, 일단 철갑룡이라는 진화체가 따로 있으니 위 님 말이 맞을지도요.

-크으, 고유 능력들 하나하나 미쳤던데. 난 언제 비천룡 같은 소환수 구해 보냐.

그리고 이런 상황에서 비천룡을 구할 수 있는 새로운 루트가 공개된 것이나 다름없었으니 유저들의 반응이 폭발적인 것은 어쩌면 당연한 수순이라 할 수 있었다.

공식 커뮤니티, 혹은 게임 내에서 소문을 들은 수많은 유저들이 라오렌의 방송을 보기 위해 몰려들기 시작한 것이다.

-오, 비룡의 알에서 비천룡이 나올 수도 있는 거였다니. 이러면 3천만 골에 저 알 산 다섯 명은 노난 거 아님?
-캬. 비천룡 지금 2만 차원코인 이상에도 거래되던데. 골드로 따지면 거의 2억5천만 골드……. 알에서 비천룡 나올 확률이 얼마나 되는지는 모르겠지만, 확실한 건 3천만 골드면 엄청 싸다는 거임.
-와, 나도 미친 척하고 전 재산 털어서 알 한 개 낙찰받아 볼까? 까서 비천룡이라도 나오면 순식간에 전 재산 열 배 뻥튀기 각인데?
-후……. 님, 생각해 보셈. 이제부터 경매 방식으로 팔 텐데, 3천만 골에 낙찰받는 게 가능하겠음? 못해도 5천만 골드 정도에는 시세가 형성될 것 같은데…….
-그건 이제부터 저 알 다섯 개 까는 거 보면 견적 나올 듯.
-맞음. 만약 알 다섯 개에서 비천룡 하나도 안 나와 버리면 생각보다 매수세가 안 붙을지도 모르는 거.

서버별로 따로 개설되어 있는 채팅 창은 저마다 폭주하기 시작했고, 그것을 보는 라오렌의 입가에는 미소가 번져 나갔다.

이 비룡의 알을 잘 팔아서 이안에게 얻을 인센티브도 중요하였지만, 입소문을 타고 미친 듯이 유입되는 시청자들로 인한 광고 수익도 결코 무시할 만한 정도는 아니기 때문이었다.

'크흐흐, 이러니까 내가 이안갓을 찬양하지 않을 수가 없지.'

언제 이안의 갑질(?)이 불만이었냐는 듯, 행복한 표정으로 그를 찬양하는 라오렌!

잠시 뜸을 들인 라오렌은 다시 방송을 진행하기 시작하였다.

"자, 제가 화면에 띄워 드린 정보 창은 다들 보셨을 테니, 이 알들의 가치가 얼마일지는 다들 짐작이 가능하실 테고요."

라오렌은 씨익 웃으며, 다섯 개의 알들의 앞으로 다가가 스윽 하고 손을 뻗었다.

"더 이상 시간을 끌었다간 시청자님들께 크게 혼날 것 같으니, 이제 하나씩 까 보도록 하겠습니다, 여러분."

이어서 첫 번째 알을 들어 올린 라오렌은 마지막으로 한 가지 부연설명을 덧붙였다.

"아 그리고 방송을 통해 이뤄지는 모든 거래는 LB사 본사의 공증을 받을 수 있는 '카일란 계약서'와 함께 진행되오니, 시청자 여러분들께선 마음 놓고 이어질 경매에 참여해 주셔도 되겠습니다."

청산유수같이 입을 놀리던 라오렌은, 황금빛 알을 집어 들어 탁자에 올려놓은 뒤 마치 기도라도 하듯 두 눈을 감고 양손을 모아 알에 올렸다.

그리고 그와 동시에 끊임없이 채팅이 올라오던 채팅 창은 순간적으로 다운이라도 된 듯 멈추었다.

이 장면을 보는 모든 시청자들의 화면에 황금빛으로 번쩍이는 알의 형상이 클로즈업되었기 때문이다.

가챠의 임팩트를 극대화하기 위한 라오렌의 계획된 연출!

-오옷!
-나온다!

우우웅!

이어서 장엄한 공명음과 함께, 견고해 보이던 황금빛 알이 쩌적거리며 갈라졌다.

그리고 그것을 시작으로 라오렌은 일렬로 세워져 있던 다섯 개의 알들을 모조리 까 보았다.

쩌적- 쩌저적-.

- 와, 미쳤다. 한 번에 다 깠어!
- 와씨. 비천룡 한 마리라도 나오면 대박인데 이거……!

수많은 시청자들의 관심 속에, 점점 부화하기 시작하는 다섯 개의 비룡의 알들!

그런데 바로 그때…….

쿠쿵- 쿠우웅-!

일렬로 놓여 있던 다섯 개의 알들 중 두 개의 알 주변으로 황금빛 뇌전이 휘몰아쳤다.

그리고 그것을 발견한 라오렌은 자신도 모르게 소리쳤다.

"어엇, 이게 뭔가요?"

방송하는 라오렌조차 사실 비룡의 알을 까 본 것은 처음이었기 때문에, 예상하지 못했던 임팩트에 당황할 수밖에 없었던 것이다.

그리고 그렇게, 무척이나 길게 느껴진 30초 정도의 시간이 지났을까?

-캬아아오-!

-크르릉-!

다섯 개의 알에서 부화된 비룡들이 라오렌의 세트장을 꽉 채운 채, 화면을 향해 포효했다.

심지어 그 다섯 중 황금빛 뇌전이 소용돌이치던 알에서 태어난 두 마리의 비룡들은 누가 보더라도 다른 평범한 비룡들과는 남다를 외형을 가지고 있는, 분명한 '비천룡'들이었다.

그것을 보던 라오렌이 떨리는 목소리로 입을 열기 시작하였다.

"대, 대박! 비천룡이 둘이나 나왔습니다, 여러분!"

물론 두 마리의 비천룡들 중 잠재력이 높은 녀석이 있을 확률은 거의 없겠지만, 대다수 시청자들의 머릿속에는 다섯 개의 알 중에서 비천룡이 두 마리나 나왔다는 사실만이 가득 찰 수밖에 없었다.

-미, 미친……! 저거 3천 골에 산 사람은 대체 얼마를 번 거야?
-와 씨, 확률 이 정도면, 이거 할 만한 도박이잖아?

그것을 시작으로, 라오렌의 방송은 난리가 났다.
남아 있는 백사십오 개의 알들은 전부 골드가 아닌 차원코인으로 경매에 붙이기 시작했음에도 불구하고, 가격이 미친 듯이 치솟았다.
띠링-!
-'비룡의 알' 아이템이 3,950차원코인에 낙찰되었습니다!
-'비룡의 알' 아이템이 4,350차원코인에 낙찰되었습니다!
-'비룡의 알' 아이템이 4,480차원코인에 낙찰되었습니다!
……중략……
-'비룡의 알' 아이템이 5,780차원코인에 낙찰되었습니다!
만약 처음 오픈한 다섯 개의 비룡의 알에서 비천룡이 한 마리도 나오지 않았더라면 라오렌은 추가로 경매하는 알들도 하나씩 오픈하며 방송을 진행할 생각이었다.
비천룡이 나오는 것을 보여 줘야 구매 심리를 더욱 자극할 것이기 때문이었다.
하지만 처음 다섯 개의 알 중 두 개에서 비천룡이 나온 이상 굳이 나머지 알들을 일일이 까면서 판매할 이유는 사라졌다.

이미 비천룡을 두 눈으로 확인한 매수 대기자들은 안달이 나기 시작하였으며, 백오십 개 가까이 있던 수량이 하나하나 줄어들 때마다 입찰에 참가하는 사람들의 심리도 점점 더 급해졌으니 말이다.

신이 난 라오렌은 추임새를 넣으며 분위기를 더 달아오르게 만들었다.

"자, 이제 단 열 개 남았습니다, 여러분! 비천룡의 주인이 될 기회를 이대로 놓치시렵니까?"

그리고 라오렌의 추임새에 힘입어 치솟은 마지막 비룡의 알은 최대 7천 코인이 넘는 어마어마한 가격을 기록할 수 있었다.

띠링-!

-'비룡의 알' 아이템이 7,750차원코인에 낙찰되었습니다!

-모든 아이템이 낙찰되었습니다.

-경매를 종료합니다.

-수수료 1퍼센트를 제외한 액수가 입금됩니다.

그리고 경매가 끝난 순간, 글로벌 구독자 수를 확인한 라오렌의 양쪽 입꼬리는 귀에 걸릴 수밖에 없었다.

지금까지 개인 방송을 하면서 단 한 번도 넘어 보지 못했었던, 무려 천만 단위가 넘는 시청자가 동시에 자신의 방송에 접속해 있었던 것이다.

'으흐흐흐, 한 명당 광고 수익 20원만 잡아도 이게 얼마냐! 대박이다!'

하지만 벅차오르는 행복에 빠져 있던 라오렌의 표정은 얼마 지나지 않아 굳어 버릴 수밖에 없었다.

시스템 메시지 때문에 곳간(?)에 쌓인 차원코인과 골드의 물량을 확인하게 된 것이다.

-최종 판매대금

-골드 : 148,500,000

-차원코인 : 798,720

그것을 확인한 순간, 라오렌은 자신도 모르게 입을 쩍 하고 벌리고 말았다.

그리고 이어서, 배가 살살 아파 오는 것을 느끼기 시작하였다.

'크윽, 재주는 곰이 넘고 돈은 이안이 가져간다더니······.'

라오렌이 광고 수익으로 벌어들인 돈의 수십 배를, 이안은 가만히 앉아서 벌었으니 말이었다.

한편 라오렌이 성황리에 경매를 마치고 난 그 시각.

기절하기라도 한 듯 침대에 쓰러져 있던 진성은 눈을 번쩍

뜨고는 다시 좀비처럼 캡슐을 향해 걷고 있었다.

 피곤한 정도에 비해 잠을 충분히 자지 못한 탓인지 두 눈은 퀭했지만, 지금 그에게는 잠보다 훨씬 더 중요한 미션이 있었으니 말이다.

 '으, 너무 오래 잤어. 빨리 퀘스트 다 깨고 루가릭스 잡으러 가야 하는데······.'

 루가릭스가 얘기했던 안전한(?) 기간은 아직 제법 많이 남아 있었지만, 그럼에도 불구하고 이안은 최대한 빨리 퀘스트를 전부 끝내고 싶은 마음뿐이었다.

 언령퀘를 전부 완수하고 솔바르로부터 받은 암천 퀘스트까지 싹 다 클리어한 뒤 암천궁에서 도망갈 궁리만 하고 있을 루가릭스를 잡아다가 계약 도장을 쾅 하고 찍어 놔야 마음이 놓일 것 같았으니 말이었다.

 '으흐흐. 이제 차원 마력 저항력도 거의 100에 가까워졌으니, 남은 퀘스트 정도는 순식간에 해치워 버릴 수 있겠지.'

 두세 마리 정도의 거인들에게만 둘러싸여도 무척이나 힘들었던 이전과는 달리, 이젠 십수 마리가 넘는 거인들 사이에서도 종횡무진 활약할 자신이 있었다.

 진성은 탁자에 놓여 있던 냉수를 벌컥벌컥 들이켠 후, 곧바로 캡슐의 버튼을 눌러 게임에 접속할 준비를 하였다.

 삐릭- 위이이잉-!

 저항력이 90에 달한 데다 게임 내 피로도까지 거의 회복되었을 지금, 거인들을 상대로 빨리 창을 휘둘러 보고 싶은 마음만이 그의 머릿속에 가득했던 것이다.

하지만 캡슐이 열리고 진성이 그 안에 몸을 집어넣으려던 그 순간, 그의 입에서는 고통에 찬 외마디 비명이 흘러나올 수밖에 없었다.

"아, 아앗!"

언제 다가왔는지 모를 하린이 캡슐에 들어가려던 그의 귓불을 잡아당긴 것이었다.

"일어나자마자 또 어딜 들어가시려고 그래?"

"아, 아파. 일단 이것 좀 놓고……!"

고통을 호소하는 그의 얼굴 앞에 무서운 표정(?)으로 자신의 얼굴을 들이민 하린.

"오늘, 피크닉 가기로 한 거, 설마 잊어버린 건 아니겠지, 박진성?"

그리고 바로 앞에 다가온 왕방울만 한 하린의 두 눈을 마주친 진성은 저도 모르게 식은땀을 흘릴 수밖에 없었다.

"하, 하하, 그럴 리가……! 그냥 잠깐 접속해서, 뭐 하나만 확인하려고 했었다고."

뻔뻔하게 변명을 한 이안은 서둘러 캡슐 밖으로 튀어나와 뒷머리를 긁적였다.

아무리 루가릭스가 중요해도 그보단 하린이 훨씬 더 중요했으니 말이었다.

그리고 빠릿빠릿한 진성의 반응에 기분이 풀린 것인지, 하린은 언제 그랬냐는 듯 헤실헤실 웃으며 그의 손을 잡아끌었다.

"빨리 옷 입고 나갈 준비하자. 오늘 한강공원 불꽃축제 때문에 야시장에 푸드 트럭 엄청 많이 온대!"

신이 난 하린의 표정을 본 진성은 피식 웃음 지으며 외출복으로 갈아입었다.

불꽃축제는 하나도 궁금하지 않았지만, 그래도 신난 하린을 보자 기분이 좋아졌기 때문이었다.

'그래, 퀘스트랑 루가릭스는 내일부터 밤새면 어떻게든 되겠지, 뭐.'

그리고 그렇게 루가릭스는, 하린의 도움 덕에 하루 더 자유를 연명(?)할 수 있게 되었다.

띠링-!

-조건이 충족되었습니다.

-'능력을 증명하라! Ⅲ' 퀘스트를 성공적으로 완수하셨습니다.

-진행 난이도 : S

-클리어 랭크 : A

-토탈 클리어 랭크 : A+

-거신의 가문, '염왕炎王'의 공헌도를 1,500만큼 획득하셨습니다.

-염왕의 가문으로부터 동맹으로 인정받았습니다!

-클리어 랭크의 영향으로 추가 공헌도를 500만큼 획득합니다.

-명성(초월)을 500만큼 획득하였습니다.

-A등급 이상으로 클리어하셨으므로, 추가 보상을 획득합니다.

……중략……

-경험치를 257,600만큼 획득하였습니다.

-레벨이 올랐습니다.

-초월 42레벨을 달성하였습니다.

눈앞에 주르륵 하고 떠오른 시스템 메시지들.

퀘스트 완료와 함께 시야를 가득 채운 보상들을 확인한 아레미스는 흡족한 표정으로 메시지들을 읽어 내려갔다.

'크으, 사흘 밤낮 퀘스트를 진행한 보람이 있어.'

벌써 '지저地底'의 세계에 들어온 지도 일주일째.

잠까지 줄여 가며 퀘스트를 진행한 아레미스는 드디어 거신족의 동맹이 되기 위한 퀘스트를 모두 마무리할 수 있었다.

하지만 퀘스트를 완료했음에도 불구하고, 아쉬운 점도 한 가지 있었다.

그것은 바로, 퀘스트 진행하는 데 처음 계획했던 것보다 훨씬 많은 시간이 소모되었다는 점이었다.

처음 퀘스트를 받을 때에는 길어야 사흘짜리라고 생각했는데, 일주일이 넘어서야 겨우 클리어했으니 말이다.

'시간을 너무 많이 소모했어. 이제 슬슬 후발 주자들도 지저에 들어올 때가 되었겠지.'

예상했던 것보다 시간이 오래 걸린 이유는 부족한 레벨 때문이었다.

최대한 빠르게 퀘스트를 진행하여 콘텐츠를 선점해야겠다는 생각만이 아레미스의 머릿속에 가득했기 때문에, 레벨에 비해 지나치게 상위 클래스의 콘텐츠를 선행해서 진행한 것이니 말이었다.

그나마 처음 시작할 때 30레벨대였던 것이 이제 40레벨이라도 넘어서 이제는 지저의 평범한 마수들 정도는 그럭저럭 사냥할 수 있게 된 수준.

이것은 그야말로, 아레미스의 피나는 노력 덕분이라고 할 수 있었다.

'후우, 빨리 공헌도를 쌓아서, 거신 세트 아이템을 싸그리 사들여야지. 기사 전용 아이템은 내가 쓰고, 나머지는 팔면 수입이 제법 짭짤할 거야.'

몇 날 밤을 샌 탓에 피로가 몰려왔지만, 아레미스는 접속을 종료할 생각이 없었다.

적어도 1만 공헌도를 모아서 거신 세트 아이템을 한 피스라도 구입할 때까진 쉴 생각이 없으니 말이었다.

'자, 이제 본격적으로 메인 퀘스트를 시작해 볼까?'

능력 증명 퀘스트를 전부 마치고 거신의 가문 중 하나인 염왕의 가문과 정식으로 동맹이 된 아레미스.

그는 첫 번째 퀘스트를 받기 위해 염왕 이그라프를 찾아갔다.

"이제 정식으로 동맹이 되었으니, 가문에 보탬이 되고 싶습니다, 이그라프 님."

"흐음, 가문에 보탬이 되고싶다라……. 그대의 열정과 용맹이 마음에 드는군."

"뭐든 맡겨만 주신다면 결코 실망시켜 드리지 않을 것입니다."

아레미스의 패기넘치는 말에, 염왕 이그라프는 흡족한 표정이 되었다.

이어서 잠시 뭔가를 생각한 이그라프는, 아레미스를 향해 천천히 다시 입을 열었다.

"좋다, 아레미스. 마침 그대의 도움이 필요한 일이 하나 있군."

"말씀하십시오, 이그라트 님."

그리고 잠시 뜸을 들인 이그라트의 입이 열림과 함께, 아레미스의 눈앞에 새로운 퀘스트 메시지가 떠오르기 시작하였다.

띠링-!

-조건이 충족되었습니다.

-새로운 퀘스트가 생성됩니다.

"얼마 전부터 용족 놈들이 슬슬 북쪽 '균열'에 나타나기 시작했단 말이지. 아마도 우리의 전진기지를 견제하려는 모양이야."

"그⋯⋯렇군요."

"아마 녀석들이 가장 먼저 노릴 만한 곳은, 우리의 보급 창고일 거라네. 자네가 그곳으로 가서, 보급 창고를 공격하는 용족 놈들을 저지해 주시게. 용족 놈들이건 그들의 동맹이건, 자네가 딱 스무 놈만 처치해 준다면 우리에게 큰 도움이 될 걸세."

-'염왕의 가문, 보급창고 수비' 퀘스트를 획득하였습니다.

-북쪽 균열(3,984, 2,783, 5,677)로 이동하십시오.

메시지를 확인한 아레미스는 두 눈이 휘둥그레졌다.

시스템 메시지에 생성된 좌표가, 뭔가 지금까지 보던 형식이랑 완전히 달랐기 때문이었다.

'뭐, 뭐지? 좌표에 표기된 숫자가 왜 세 개야?'

일반적으로 맵에 표기되는 좌표는 X축과 Y축 두 개뿐인데 Z축까지 생성되어 있었으니, 이런 경우를 처음 보는 아레미스로서는 혼란에 빠질 수밖에 없었던 것이다.

하린과의 데이트를 무사히(?) 마친 이안은, 귀가하자마자 곧바로 캡슐로 직행하였다.

빨리 라페르 일족의 다음 임무를 받아 언령 마법 퀘스트를 전부 클리어해야 한다는 생각만이 이안의 머릿속을 지배하고 있었으니 말이다.

-홍채 인식 완료. '이안' 님, 카일란의 세계에 오신 걸 환영합니다.

이안이 로그아웃했던 곳은 라페르 일족의 거점 바로 앞이었기 때문에, 거점의 입구를 찾는 데는 채 1분도 걸리지 않았다.

하여 거점에 들어온 이안은 곧바로 프림슨을 찾았다.

"프림슨, 내가 좀 늦었지?"

그리고 이안을 발견한 프림슨은 반가운 표정으로 그를 맞이하였다.

"오, 이안, 늦다니, 결코 그렇지 않네. 그렇게 힘든 일정을 소화했는데, 이 정도는 당연히 쉬고 돌아와야지."

"하하, 그……런가?"

"무튼 마침 잘 왔네, 이안. 그렇지 않아도 장로님들께서, 그대를 무척이나 보고 싶어 하셨으니 말이야."

"오호, 장로님들께서……?"

이안은 그간 라페르 일족의 NPC들과 함께 다니면서, 이들 부족의 대략적인 분위기는 파악해 둔 상태였다.

때문에 이안은, 지금 프림슨이 말하는 '장로'라는 존재들이 무척이나 중요한 NPC라는 사실도 이미 인지하고 있었다.

'일족의 거의 모든 대소사가 장로라는 친구들에 의해 결정되는 것 같던데……. 이 녀석들에게 잘 보이는 게 무척이나 중요하겠지.'

하여 이안은 설레는 마음으로, 프림슨의 뒤를 따라 움직였다.

언령 마법이라는 최상위 마법 콘텐츠에, 한 발짝 더 다가간 기분이 들었으니 말이다.

그리고 허리를 숙여야 들어갈 수 있는 작은 문을 여러 개 지난 이안은, 라페르 거점에서 가장 웅장한 규모를 가진 건물로 입장할 수 있었다.

띠링-!

-라페르 일족 대회의실에 입장하였습니다.

이어서 이안의 시야에, 새로운 라페르 일족의 NPC들이 모습을 드러내었다.

"어서 오시게, 인간 용사여."

"반갑군, 인간. 그대가 우리 라페르 일족을 도운 인간 용사 이안이로군."

NPC들의 생김새는 무척이나 특이하였다.

실루엣 자체는 프림슨이나 카카와 비슷한 외형을 가진 꼬마 드래곤들이었으나, 그 위에 신비로운 빛깔을 머금은 로브를 걸치고 있어 우스꽝스러우면서도 귀여운 외모를 하고 있었던 것이다.

장로들이라기에 노룡老龍의 이미지를 떠올렸던 이안은, 당황한 표정을 가까스로 숨겨야만 하였다.

'장로라는 녀석들이 위엄이 하나도…….'

근엄한 말투마저도 귀엽게 느껴질 정도로 특별한 외모를 가진 라페르 일족의 장로들.

생각해 보면 카카나 프림슨도 수천 년을 넘게 살았다고 하였으니, 장로라 하여 딱히 다를 이유가 없는 것이기는 하였다.

'역시 존대를 하긴 싫게 생긴 외모들이지만, 그래도 부족에서 가장 높은 위치에 있다는 녀석들이니까…….'

이안은 그들에게 살짝 고개를 숙여 보인 뒤 차분히 대화를 나누기 시작하였다.

NPC와의 대화는 때에 따라서 무척이나 중요하였고, 지금 이안은 이들로부터 최대한 많은 정보를 뜯어내야 했으니 말이다.

'언령 마법에 대한 단서를 하나라도 알아내야 해.'

장로들과의 대화는 처음 생각했던 것보다 제법 길게 이어졌다.

그리고 그 대부분이 영양가 없는 잡담이었지만, 이안은 그 안에서 중요한 단서를 알아내는 데 성공하였다.

"언령 마법을 익히기 위해서는, 강력한 마력의 힘들 응축하여 담을 수 있는 그릇이 필요하지."

"인간의 몸으로 언령 마법을 쓸 수 있는지는 우리도 잘 모르겠지만, 정말 뛰어난 '재료'가 있다면 어쩌면 가능할지도 모르겠어."

"뭐, 뛰어난 용족이라면 '마력의 심장' 정도만 가지고도 언령의 힘을 각성시킬 수 있을 테지만 말이지."

언령 마법을 익히기 위해서는, 마력의 힘을 담을 수 있는 아티팩트가 필요하다.

그리고 그중 '마력의 심장'이 있다면, 이안이 데리고 있는 드래곤 소환수들의 언령을 각성시킬 수 있다.

이것은 그야말로, 이안이 가장 원했던 정보라고 할 수 있다.

'마력의 심장? 이거 어디서 본 것 같은데…….'

장로들과 대화하던 이안은 빠르게 퀘스트 창을 열어 진행 중인 퀘스트 내용들을 훑어보았다.

그리고 마력의 심장이라는 단어를 어디서 보았는지, 금세 찾아낼 수 있었다.

지금 진행 중이던 언령 마법의 비밀 연계 퀘스트의 최종 보상에, '마력의 심장'이라는 목록이 떡하니 쓰여 있었으니 말이다.

최종 보상

- '마력의 심장' 아이템 획득.
- 용족 '라페르' 종족 공헌도 : +500획득.
- 명성(초월) : +500

'오오, 그래, 이거였어! 그렇다면 이 퀘스트만 성실히 완수하면 내 드래곤들의 언령을 각성시킬 수 있단 말이잖아?'

여기까지 생각이 미치자, 이안의 표정은 상기되었다.

하지만 그것과 별개로, 욕심이 조금 더 생기기 시작하였다.

연계 퀘스트의 보상에 포함되어 있는 마력의 심장은 하나밖에 되질 않았는데, 지금 이안이 데리고 있는 드래곤들은 한두 마리가 아니었으니 말이다.

카르세우스와 뿍뿍이, 그리고 엘카릭스.

그에 더해 철갑신룡 아이언과 곧 얻게 될(?) 루가릭스까지 포함한다면, 마력의 심장 하나로는 택도 없어지는 것이다.

물론 루가릭스는 언령 마법을 사용할 줄 아는 듯 보였지만, 그를 제외하더라도 서너 개 이상은 필요한 게 사실이었다.

마른침을 한차례 꿀꺽 삼킨 이안이, 장로들을 향해 다시 물어보았다.

"혹시 장로님들, 그 마력의 심장이라는 것은 어떻게 얻을 수 있는지 여쭤도 되겠습니까?"

이안의 질문은 무척이나 조심스러웠다.

이 마력의 심장이라는 것은 무척이나 중요한 아티팩트일 게 분명했고, 때문에 이 질문으로 인해 라페르 일족이 언짢아할 수도 있다 생각한 것이다.

하지만 그러한 이안의 걱정은 기우에 불과했다.

장로들은 스스럼없이 마력의 심장에 대한 이야기를 꺼내

었으니 말이었다.

"뭐, 마력의 심장을 만들어 내는 과정이 난해하기는 하지만, 재료만 전부 구해 온다면 그리 어려울 것도 없다네."

"물론 우리 라페르 일족만이 할 수 있는 작업이긴 하지만 말이지."

"……!"

그리고 다음 순간.

익숙한 알림과 함께, 이안의 눈앞에 새로운 시스템 메시지가 떠올랐다.

띠링-!

-'언령 마법의 비밀 Ⅷ (최종)' 퀘스트가 생성되었습니다.

이어서 이안을 향해, 라페르 일족 장로가 은근한 목소리로 말을 이었다.

"우리 일족의 고민을 해결해 준 자네라면, 우리 일족의 지혜를 나눠 줄 용의가 있다네."

"……!"

"어때, 한번 우리의 제안을 들어 보시겠는가?"

그리고 퀘스트 내용을 확인하던 이안의 두 눈은, 점점 더 확대되기 시작하였다.

언령 마법의 비밀 Ⅷ (히든)(연계)(최종)

당신은 라페르 일족의 가장 큰 고민거리였던 '차원의 운석파편 고갈' 문제를 성공적으로 해결하였다.
덕분에 라페르 일족은 당신을 어느 정도 신뢰하기 시작하였으며, 하여 당신의 능력을 마지막으로 시험해 보려 한다.
균열 지하층 깊숙한 곳으로 가면, 거신족이 만들어 놓은 전진 거점이 있을 것이다.
그리고 그 거점의 안에는, 균열에서의 전쟁을 위한 자원을 쌓아 놓은 '보급 창고'가 여러 개 있을 것이다.
보급 창고를 파괴하고, 거신족들이 약탈해 간 마력의 심장들을 회수해 오자.
당신이 만약 다섯 개 이상의 심장을 되찾아 온다면, 라페르 일족은 당신을 동료로 기꺼이 인정해 줄 것이다.
퀘스트 난이도 : SSS (초월)
퀘스트 조건 : '중간자'의 위격을 획득한 자.
'라페르 일족의 거점'을 발견한 자.
'균열의 지도' 아이템 보유.
'언령 마법의 비밀Ⅵ' 퀘스트 클리어.
클리어 조건 : 거신족 보급 창고 파괴 (0/3)
 '마력의 심장' 아이템 회수 (0/5)
*초과 달성 시 추가 보상을 받습니다.
제한 시간 : 없음
보상 : 용족 '라페르' 종족 공헌도 +1,000
*클리어 조건 추가 달성 시
마력의 심장 하나당 공헌도 200, 용천주화 1,500.
최종 보상
 -'마력의 심장' 아이템 획득.
 -용족 '라페르' 종족 공헌도 +500획득.
 -명성(초월) +500
*퀘스트가 진행되는 동안, 균열 바깥으로 나갈 수 없습니다.
*거절할 시 소멸되는 퀘스트입니다.(페널티 없음)
*한 번 수락하면, 캐릭터가 사망할 때까지 포기할 수 없는 퀘스트입니다.

총 7회나 연계된 연계 퀘스트의 최종 임무답게 난이도부터 시작해서 보상까지 화려하기 그지없는 마지막 퀘스트.

 퀘스트 창을 읽는 이안을 향해 라페르 장로들의 말이 이어졌다.

 "이번 임무는 결코 쉽지 않을 것이라네."

 "쉽지 않을뿐더러, 엄청나게 위험하기까지 하지."

 "자네가 우리의 제안을 거절한다 하여도 우린 실망하지 않을 것이네."

 "하지만 한 번 제안을 받아들였다면 돌이키는 것은 어려울 테니, 신중히 결정하시게나."

 그들의 말을 들은 이안은, 살짝 의아한 표정으로 되물었다.

 퀘스트창에도 붉은 글씨로 포기할 수 없는 퀘스트라 적혀 있었지만, 어떤 방식으로 제약이 걸리는지 궁금할 수밖에 없었던 것.

 하여 이안은, 조심스럽게 다시 되물었다.

 "한번 제안을 수락하면 돌이키기 어려울 것이라는 게……. 어떤 의미에서 하신 말씀이신지 여쭤도 되겠습니까?"

 이안의 물음에, 장로들은 고개를 끄덕이며 곧바로 답을 주었다.

 "거신족들이 숨겨놓은 마력의 심장을 찾아내려면, 우리가 제작한 특수 아티팩트인 '탐식의 목걸이'가 필요하다네."

 "그런데 이 탐식의 목걸이를 착용한다면 우리의 도움 없이는 해제할 수 없을뿐더러, 균열 바깥으로 나갈 수가 없게 되지."

"우리조차도 착용된 탐식의 목걸이를 해제하려면, 그것을 파괴하는 수밖에 없어."

여기까지 들은 이안은 얼추 어떤 방식으로 제약이 걸리는지 이해할 수 있었다.

하지만 아직까지 궁금증이 모두 해결된 것은 아니었다.

어차피 퀘스트를 성공하든 실패하든 탐식의 목걸이는 파괴해야만 이 균열을 나갈 수 있다는 얘기였으니 말이었다.

"제가 임무를 완수하지 못하고 돌아오면…… 목걸이를 해제할 수 없는 겁니까?"

마지막 의문까지 해결하기 위해 슬쩍 운을 띄운 이안.

그런데 어쩐 일인지, 이안의 마지막 질문을 들은 장로들은 뭔가 묘한 표정이 되었다.

그리고 잠시 뜸을 들인 뒤에야 그에 대한 답을 이야기해 주었다.

"결론부터 말하자면…… 꼭 그런 것은 아닐세."

"그럼……?"

"다만 탐식의 목걸이를 하나 만들어 내려면 막대한 용천주화를 소모해야 하고, 그것을 그리 쉽게 파괴하기에는 우리의 손실이 너무 크다는 말이지."

"만약 자네가 거신족 녀석들의 보급 창고를 파괴해 준다면 그곳에서 약탈해 올 재화들로 목걸이의 값을 메울 수 있겠지만, 그렇지 못하다면 우리로서도 너무 손해가 커."

그리고 모든 이야기를 들은 이안은 그제야 고개를 끄덕일 수 있었다.

이게 어떠한 상황인지, 확실하게 이해했기 때문이었다.

'그러니까 내가 퀘스트를 중도에 포기하는 걸 라페르 부족에서는 어지간해서 받아주지 않겠구나. 그럼 퀘스트를 클리어하거나 아예 죽는 것이 아니라면, 이곳을 나갈 방법은 사실상 없다고 봐도 되는 것이고.'

그리고 이것이, 루가릭스가 설계한 최후의 노림수(?)라는 것도 깨달을 수 있었다.

'루가릭스 녀석, 역시 날 잘 알아. 내가 이 제안을 거부할 리 없다는 걸 예상하고 있었던 것이겠지.'

이제 루가릭스가 도주하는 데까지는 그리 오랜 시간이 남지 않았다.

그런 상황에서 만약 이 임무를 진행하다가 죽거나 지지부진한다면, 이안은 시간 내에 용천으로 돌아갈 수 없을 것이었다.

루가릭스가 도망가기 전에 말이다.

하지만 이렇게 진퇴양난(?)의 상황임에도 불구하고, 이안은 어쩐지 기분 좋은 표정이었다.

'그런데 루가릭스, 네가 계산하지 못한 부분이 하나 있거

든.'

 이안은 상태 창을 열어 '저항력' 능력치가 나열되어 있는 파트를 확인해 보았다.

 그리고 그 가장 아래쪽에 표기되어 있는, '차원 마력 저항력' 능력치를 확인하였다.

*차원 마력 저항력 : 90

 이어서 이안은, 히죽히죽 웃었다.

 '난 오늘 하루 노가다로 이 저항력을 맥스까지 한번 찍어 볼 생각이니까 말이야.'

 차원 마력 저항력이 90인 지금도, 이안은 어지간한 거신족 병사들을 잡몹 다루듯 학살할 수 있었다.

 그런데 이 저항력이 만약 100이 넘어 그 위로 올라간다면, 어떤 식으로 상황이 변할지 이안조차도 모르는 것이었다.

 확실한 건, 퀘스트의 난이도가 훨씬 더 쉬워질 것이라는 정도?

 앞으로 벌어질 일들에 대한 기대감에 한껏 기분이 들뜬 이안은, 라페르 장로들을 향해 다시 입을 열었다.

 "이해했습니다, 장로님들. 이 임무, 무척이나 중요한 임무로군요."

 "그렇지. 사실 아무에게나 맡길 수 없는…… 중요하고 어려운 임무라네, 이안."

"우리도 자네 정도의 실력자라면 성공할 수 있을 것이라 판단하여 맡기는 것일세."

이안은 고개를 끄덕이며 다시 입을 떼었다.

"좋습니다. 제가 한번 해 보도록 하지요."

"오오……!"

"정말인가?"

"결코 실망시켜 드릴 일은 없을 것입니다."

이안의 힘 있는 말에 라페르 장로들의 얼굴에 화색이 돌았고, 그 말이 끝난 즉시 이안의 눈앞에 새로운 시스템 메시지가 생성되었다.

띠링-!

-'언령 마법의 비밀 Ⅶ (히든)(연계)(최종)' 퀘스트를 수락하셨습니다.

-포기할 수 없는 퀘스트입니다.

'포기할 수 없다'는 날 선 경고 메시지가 또 한 번 떠올랐음에도 불구하고, 이안은 싱글벙글 웃을 뿐이었다.

'좋아. 얼른 마무리하고 용천으로 돌아가야겠어. 솔바르의 퀘스트 중 남은 하나도 보급 창고를 파괴하면 자동으로 클리어될 테니, 사실상 이 퀘스트만 클리어하면 돌아갈 수 있겠군.'

머릿속으로 계획을 정리한 이안은 더욱 의욕을 불태우기 시작하였다.

그리고 그런 그의 눈앞에 한 줄의 메시지가 추가로 더 떠올랐다.

-'탐식의 목걸이 전설(초월)' 아이템을 획득하셨습니다.

-목걸이를 착용하는 순간, 퀘스트가 시작됩니다.

메시지를 확인한 이안은, 망설임 없이 인벤토리를 열어 목걸이를 착용하였다.

균열은 무척이나 복잡하다.

3차원으로 그려진 '균열의 지도'가 있음에도 불구하고, 쉽게 길을 잃어버릴 정도로 말이다.

하지만 이미 몇 날 며칠 균열에서 구른 이안에게 이곳은 이제 집 안방과도 같은 느낌이었다.

"으음, 지도대로라면 x, y축은 이 언저리가 맞는 것 같으니, 이제 밑으로만 쭉 내려가면 되겠네."

라페르 장로들이 지도에 표시해 준 좌표를 따라 아이언의 고삐를 움직여 빠르게 이동하는 이안.

그런 그의 뒤에는, 라페르 일족에서 지원해 준 전사 열댓 정도가 따라오고 있었다.

"후욱, 후욱. 조금만 천천히 가시게, 이안."

"이러다가 도착하기도 전에 체력을 다 써 버리겠어."

라페르 일족 전사들은 손바닥만 한 날개를 가진 프림슨이나 카카와는 다르게, 빠르게 비행하기 좋은 날렵하고 널찍한 날개를 가지고 있었다.

하지만 그럼에도 불구하고, 아이언을 탄 이안의 뒤를 따라오는 것은 쉽지 않은 듯 보였다.

"하하, 알겠습니다. 그럼 조금 템포를 늦춰 보도록 하죠."

사실 처음 라페르 전사들이 이안을 만났을 때만 하더라도, 그들이 오히려 이안보다 더 빠른 이동속도를 가지고 있었다.

하지만 이제 이안이 차원 마력의 압력에서 거의 벗어난 탓에, 그것이 오히려 역전되어 버리고 만 것이다.

"후욱, 후욱, 이안 저 친구 지난번과 또 달라진 느낌이란 말이지."

"그러게 말일세. 전투 능력이 뛰어난 것이야 알고 있었던 사실이지만, 이렇게 날렵하지는 않았던 것 같은데……."

하여 소중한 원군들을 배려하기 위해 속도를 조금 늦춘 이안은, 그렇게 생겨난 여유를 이용하여 퀘스트 창을 다시 꼼꼼히 읽어 보았다.

퀘스트의 내용을 숙지하고, 장로들이 알려 준 주의 사항들을 다시 한번 체크해 본 것이다.

'보급 창고의 주변에 있는 거점 진지는 되도록 건들지 말라고 했었지. 거점 안에 있는 마력의 거인이 무척이나 위험하다고 말이야.'

장로들의 말에 의하면, 거신족들은 라페르 일족에게 약탈해 간 마력의 심장으로 '마력의 거인'이라는 괴물들을 탄생시킨다고 하였다.

 그리고 그 괴물들은 어지간한 신룡들도 쉬이 상대할 수 없을 정도로 강력한 힘을 가졌다고 하니, 이안에게 조심하라 일러준 것이었다.

 '또 창고에 마강석魔剛石이라는 게 보이면 가져오라 했던 것 같은데, 이건 봐야 알 것 같고…….'

 사실상 최근에 받았던 그 어떤 퀘스트보다도 중요한 임무이다 보니, 이안은 더욱 꼼꼼하고 정확하게 스텝을 밟아 나갈 생각이었다.

 단 한 번의 실수도 용납할 수 없는 상황이었으니 말이다.

 '그리고 마지막으로, 균열 남쪽으로 진입하다 보면 거신족의 공격을 받을 수도 있을 거라고 했었는데…….'

 여전히 비행 속도를 어느 정도 유지한 채, 점점 더 깊숙한 균열의 아래로 진입하기 시작하는 이안의 일행들.

 그리고 잠시 후.

 "적이다……!"

 "기습이다, 이안!"

 라페르 일족 전사들의 말이 떨어지기가 무섭게 새로운 시스템 메시지가 이안의 눈앞에 생성되었다.

 띠링—!

-돌발 퀘스트가 생성되었습니다.
-'거신족 돌격부대 궤멸' 퀘스트가 발동됩니다.
그리고 메시지를 확인한 순간…….
챠라랑-!
이안은 날렵한 몸놀림으로, 등에 메어져 있던 창을 빼어 허공으로 치켜들었다.

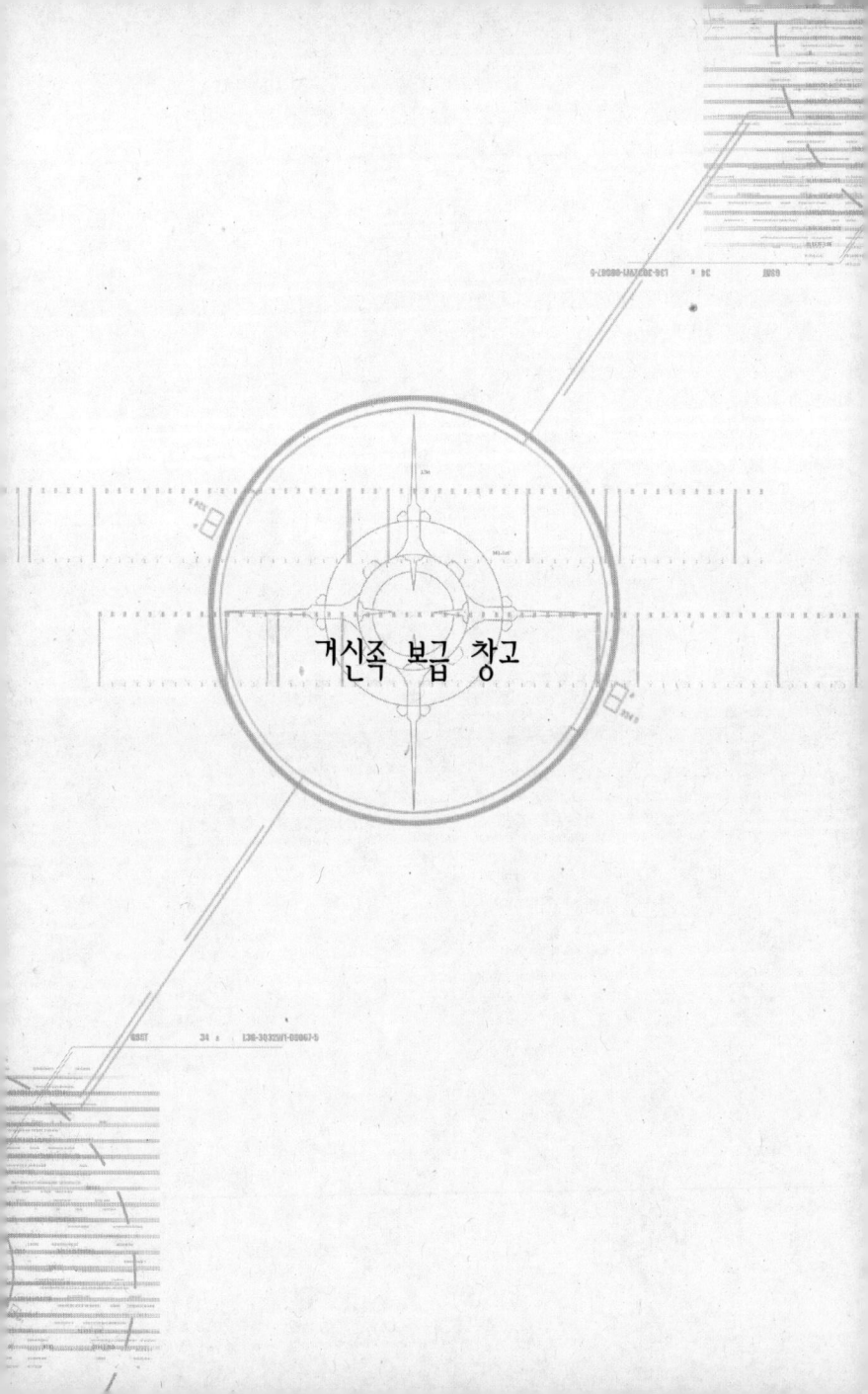

거신족 보급 창고

거신족들은 하늘을 날지 못한다.

물론 특별한 능력을 가진 거신족이 따로 있을 수도 있겠지만, 적어도 지금까지 이안이 보아 온 거신족 중에는 하늘을 날 줄 아는 개체는 존재하지 않았다.

그렇다면 거신족은 전원이 비행 능력을 가진 이안을 비롯한 용족들을 어떻게 상대하는 것일까?

물론 원거리 무기를 사용하는 거신족들도 제법 있었지만, 그보다는 더 근본적인 이유가 있었다.

그것은 바로 거신족들의 어마어마한 덩치와 그리 넓지 않은 균열의 틈새.

커다란 덩치를 가진 거신족들은 균열 사이사이에 부유하

는 균열석 파편들을 밟으며 이리저리 뛰어다닐 수 있었고…….

쿵- 쿵-!

그럼으로 인하여 비행 능력이 있는 용족들과 대적할 수 있었던 것이다.

채챙- 콰앙-!

파편을 밟고 도약하여 대검을 내리꽂는 거신족 돌격병들.

그 검을 정면으로 쳐 낸 이안은, 쭉 빠져 나가는 생명력과 함께 양손이 얼얼함을 느낄 수 있었다.

'역시……. 덩치가 덩치인 만큼 공격력 하나는 미친 수준이네.'

방금 이안은 거의 90퍼센트에 달하는 피해 감소율을 띄우며 무기 막기에 성공하였다.

완벽한 자세로, 거신족의 검격을 막아 낸 것이다.

그런데도 불구하고 지금 이안의 생명력은 무려 30퍼센트 이상이 단숨에 빨려나갔다.

만약 저 무식한 공격을 직격으로 맞는다면, 그대로 게임오버라는 소리였다.

무기 막기나 방패 막기에 성공하더라도 몇 대 두들겨 맞다 보면 사망할 정도의 공격력이었으니, 애초에 막으면서 싸우라고 기획해 놓은 몬스터들이 아니라는 소리.

그렇다면 이안은, 그러한 사실들을 몰라서 피할 수도 있는 공격을 무기로 막아 낸 것일까?

그것은 당연히 아니었다.

이안이 무리해서 무기 막기를 시도한 이유는, 거신족 돌격병의 공격력 스텟을 한번 확인해 보기 위함이었다.

공격력 스텟을 역산해서 얼추 계산해 보면, 평범한 정찰병과 비교했을 때 얼마나 더 전투 능력이 좋은 개체인지 어림짐작할 수 있으니 말이었다.

'이 정도면 공격력만 놓고 봤을 때, 정찰병보다 한 배 반 정돈 강력한 수준인데…….'

이안의 두 눈이 날카롭게 빛났다.

지금까지 파악한 거신족들의 능력치 분배는 들고 있는 무기에 따라서 비율이 달라지는 형식이었으니, 대검 돌격병의 공격을 한번 피격당한 것만으로 어느 정도 거신족 돌격병들의 능력치를 파악해 낸 것이다.

물론 정확하고 구체적인 수치는 아니었지만, 이 정도 윤곽만 있으면 전장을 운용하는 데 충분하다고 할 수 있었다.

"카카."

"왜 부르냐, 주인?"

"상황 봐서 위험한 친구 보이면, 네가 나서서 몸빵 한 번씩 해 줘."

"시, 싫다. 저거 너무 아파 보인다."

"어차피 물리 대미지 하나도 안 들어오는데 아프긴 뭘 아파?"

"으……. 못된 주인이 착한 노예를 괴롭힌다."

카카와 반 농담 반 진담의 이야기를 잠시 주고받은 이안은, 엘카릭스를 소환하여 앞좌석(?)에 태웠다.

아이언의 덩치는 제법 컸기 때문에 인간형으로 폴리모프한 엘카릭스 정도는 이안의 앞에 태울 정도의 공간이 충분했으니 말이다.

"엘, 배리어는 최대한 아껴. 우린 알아서 잘 피할 테니까, 라페르 종족 전사들 지키는 데 주로 사용해."

"알겠어요, 아빠."

엘에 핀까지 소환한 이안은, 더 이상 소환수들을 소환하지 않았다.

까망이와 핀은 이미 소환되어 두 가신들이 타고 있었으며, 비행이 불가능한 소환수들은 이 균열 전장에서 제대로 된 힘을 발휘할 수 없었으니 말이다.

그리고 카르세우스같이 덩치가 큰 소환수는, 비행이 가능하다고 하더라도 거신족의 무식한 공격에 재물이 되기 딱 좋았다.

그렇게 최적의 세팅을 마친 빠르게 전장을 누비기 시작하였다.

"하나씩 점사해서 제거해야 합니다. 중구난방으로 싸우면 피해가 커져요!"

라페르 족의 NPC들마저도, 마치 길드원 부리듯 어느새 통제하기 시작하는 이안.

콰쾅- 콰아앙-!

그리고 이안의 지휘에 따라 일사불란하게 움직인 라페르 진영의 전사들은, 순식간에 거신 돌격병들을 하나씩 처치하기 시작하였다.

-'거신족 돌격병'을 성공적으로 처치하셨습니다!

-경험치를 6,982만큼 획득합니다.

-가문 '암천'에 대한 공헌도가 5만큼 증가합니다.

-'지저금화' 재화를 409만큼 획득했습니다.

-'거신족 돌격병'을 성공적으로 처치하셨습니다!

-'거신족 돌격병'을 성공적으로 처치하셨습니다!

……후략……

그 결과 이안은 단 한 명의 라페르 일족 전사도 잃지 않고 돌발 퀘스트를 성공시킬 수 있었다.

그리고 마지막 돌격병을 처치한 순간, 이안의 눈앞에 퀘스트 성공을 알리는 시스템 메시지가 깔끔하게 떠올랐다.

띠링-!

-'거신족 돌격부대 궤멸(돌발)' 퀘스트를 성공적으로 완수하셨습니다.

-클리어 등급 : SSS

-클리어 보상이 지급됩니다.

-경험치를 50,000만큼 획득하셨습니다.

-명성(초월)을 500만큼 획득하셨습니다.

-'지저금화' 재화를 3,000만큼 획득했습니다.

······중략······

-'차원 마력 저항력' 능력치를 추가로 5만큼 획득하였습니다.

-현재 차원 마력 저항력 : 95

준수한 보상들 중에서도 마지막 보상으로 들어온 '차원 마력 저항력'에 흡족해진 이안의 입에, 기분 좋은 웃음이 피어오르기 시작하였다.

'보급 창고에 도착할 쯤 되면, 충분히 저항력 100 정도는 채울 수 있겠는걸.'

피로도가 쌓여 있지 않은 탓에 이전처럼 급속도로 저항력을 쌓을 수는 없는 상황이었으니, 돌발 퀘스트 보상으로 획득한 저항력이 무척이나 귀하게 느껴진 것이었다.

"휴, 여기가 전진 거점인가 보네. 드디어 찾았군."

3차원 좌표로 만들어진 지도를 처음 보는 아레미스는, 약간의 혼란 끝에 목적지에 도달할 수 있었다.

그러나 따지고 보면 길을 그다지 헤매지 않았음에도 불구하고, 아레미스의 이마에는 땀이 송글송글 맺혀 있었다.

게다가 표정은 이미 격전을 치른 사람처럼 죽어 가는 듯

했다.

"어후, 여기까지 온 것만으로 진이 다 빠질 것 같네. 이거 난이도도 난이도지만, 전투 환경이 너무 지옥인데?"

아레미스가 힘든 이유는, 당연히 '차원 마력'의 압박 때문이었다.

마치 중력처럼 온몸을 짓누르는 강력한 디버프 때문에, 오는 길에 딱히 빈번한 전투가 있었던 것이 아님에도 불구하고 거의 탈진할 정도로 피로가 쌓인 것이다.

전진 거점으로 이동하는 사이, 아레미스가 치른 전투는 딱 2회.

그것도 '용족 정찰병'이라는 용족들 중 가장 허약해 보이는 몬스터를 한 마리씩 만난 것임에도 불구하고, 아레미스는 생사의 고비를 여러 번 넘겨야 했었다.

'아오, 허접한 용가리들. 디버프만 아니었으면 진짜 순식간에 잡았을 텐데 말이지.'

아직까지 '차원 마력 저항력'이라는 스텟의 존재 자체도 모르는 아레미스는 암담하기 그지없었다.

고작 정찰병 둘 잡는데 이렇게 고생을 했으니, 앞으로의 퀘스트들은 어떻게 진행해야 할지 앞이 깜깜한 것이다.

하지만 그렇다고 해서 포기할 생각은 당연히 없었다.

'내가 어려운 거면 다른 녀석들한테는 훨씬 더 어렵겠지. 어려운 만큼 보상도 막대할 테고 말이야.'

항상 카일란의 세계는, 어려운 퀘스트를 해결할수록 그에 걸맞은 보상을 지급해 준다.

 때문에 아이러니하게도, 진행 난이도가 어려울수록 아레미스는 더 힘을 낼 수 있었다.

 무거운 몸을 이끌고 거점 안을 돌아다니던 아레미스는, 최종 목적지인 보급 창고에 도착하였다.

 그리고 그곳을 지키는 자경대장 NPC에게 다가가 퀘스트를 진행하기 위해 말을 걸었다.

 "안녕하십니까, 자경대장님. 염왕께서 보내시어 보급 창고 수비를 돕기 위해 왔습니다."

 거신족 자경대원들은, 정찰대나 돌격대에 속해 있는 거신족들보다는 덩치가 작은 편이다.

 하지만 그럼에도 불구하고 평범한 인간 유저의 덩치와 비교하면 열 배는 더 거대했기 때문에, 아레미스는 목이 완전히 꺾일 정도로 그를 올려다봐야 했다.

 아레미스의 목소리를 들은 자경대장이 힐끔 아래를 내려다보며 입을 열었다.

 "흐음, 그대는 마족 전사로군."

 자경대장이 입을 열자, 아레미스는 곧바로 대답하였다.

 "그렇습니다, 자경대장님. 이곳에 용족 침입자들이 빈번히 출현한다 하여, 염왕께서 도우라 명하셨습니다."

 아레미스의 말에, 자경대장은 고개를 끄덕였다.

"그렇지 않아도 손이 부족하여 각 가문에 원군을 요청하려던 참이었는데, 마침 잘 와 주었군."

"최선을 다해 돕겠습니다."

"그대의 활약을 염왕께 그대로 전할 터이니, 어디 한번 능력을 발휘해 보시게나."

"감사합니다!"

그리고 자경대장과의 대화가 끝나자마자 아레미스의 눈앞에 새로운 메시지가 떠올랐다.

띠링-!

-조건이 충족되었습니다.

-'보급 창고 수비' 퀘스트가 시작됩니다.

-지금부터 12시간 동안, 보급 창고를 공격하는 용족 침입자들을 막아 내야 합니다.

-용족 침입자를 하나 처치할 때마다 추가 보상을 획득할 수 있습니다.

-추가 보상 : 지저금화 200냥~500냥, 명성(초월) 10~30, 염왕 가문의 공헌도 50~100

-강력한 적을 처치할수록, 그에 비례하여 추가 보상이 증가합니다.

메시지를 확인한 아레미스는 두 눈이 휘둥그레졌다.

'뭐야, 한 마리 처치당 지저금화를 200이상 준다고?'

아직 커뮤니티 같은 곳에 알려져 있지는 않았지만, 이 지저금화는 엄청난 부가가치를 지닌 재화였다.

지저의 남부에 있는 '거신의 모래탑'에 가면, 이 주화를 사

거신족 보급 창고 109

용하여 강력한 아티팩트들을 구매할 수 있기 때문이었다.

얼마 전에 경매장에서 2만 차원코인 정도에 판매된 거신의 허리띠 아이템만 하더라도 그렇다.

모래탑에서 지저금화로 구매하면 팔천 오백 냥 정도에 매입이 가능한 것이다.

'크……! 그래. 딱 스무 마리 정도만 처치하는 걸 목표로 잡아 보자. 그 정도면, 지금까지 모은 금화 더해서 거신 세트 아이템 한 파츠 정도는 구매가 가능하겠지.'

더욱 강하게 동기부여가 된 아레미스는 두 주먹을 불끈 쥐고는 의욕을 불태우기 시작하였다.

지저금화가 많이 풀리면 거신 세트의 가격은 자연히 떨어질 테니, 그 전에 자신이 독점하여 최대한 차원코인을 벌어들일 생각이었다.

"좋아, 딱 12시간만 불태워 보자고."

자기 자신에게 다짐이라도 하듯, 기합을 집어넣는 아레미스.

그런 그의 눈앞에 몇 줄의 시스템 메시지가 추가로 떠올랐지만, 아레미스는 신경 쓰지 않았다.

-용족 병사들의 침입이 시작되었습니다!

-전투에서 사망할 시 퀘스트는 실패로 돌아가며, 획득한 모든 보상은 무효화 처리됩니다.

어차피 퀘스트 실패 따위의 상황은, 그의 머릿속에 조금도 고려되고 있지 않았으니 말이었다.

처음 이 '언령 마법의 비밀' 최종 연계 퀘스트를 받았을 때, 이안은 난이도와 별개로 퀘스트에 그리 오랜 시간이 소요될 것이라고 생각지 않았었다.

두 번째 연계 퀘스트부터 여섯 번째 연계 퀘스트를 클리어하는 데까지 총 다섯 개의 연계 퀘스트를 하루 만에 전부 클리어했던 경험이 있었으니, 마지막 퀘스트의 난이도가 높다고 한들 반나절이면 족할 것이라 생각했던 것이다.

하지만 퀘스트가 진행될수록 이안은 자신의 생각이 틀렸다는 것을 깨달을 수 있었다.

'이거…… 거신족 돌격병인지 뭔지, 정말 끝도 없이 몰려오네.'

이미 처음 예상했던 반나절이 훌쩍 지났음에도 불구하고, 퀘스트를 클리어하긴커녕 보급 창고 그림자도 만나지 못했으니 말이었다.

계속해서 발생되는 돌발퀘스트와 몰려오는 거신족 돌격병들도 문제였지만, 지도에 표시된 근방까지 도달했음에도 불구하고 도무지 목적지인 '전진 거점'으로 진입할 수 있는 길을 찾지 못하고 있는 것이 더 큰 문제였던 것.

'균열의 미로'라는 이름을 가지고 있는 균열 북동쪽 맵의 구조는 극악할 정도로 복잡하고 난해하였다.

"후우……."

또다시 달려드는 거신족 돌격병들을 해치운 이안은, 한차례 깊게 심호흡하였다.

쉴 새 없이 창을 휘두르며 전장을 누빈 탓에 적잖이 체력이 소모되었지만, 그럼에도 불구하고 아직까지는 여유가 넘쳤다.

차원 마력에 대한 저항력이 높아진 덕에 이제 피로도가 이전처럼 급격하게 오르지 않았기 때문이었다.

저항력은 이제 100에 거의 근접한 상황이었고, 덕분에 디버프는 체감하기조차 힘들 정도로 미약하게 남은 것.

'빨리 100 뚫고 올라가서 초과 저항력 얻으면 어떻게 되는지 보고 싶은데…….'

이안은 다시 한번 지금까지 쌓인 차원 마력 저항력 수치를 확인해 보았다.

-현재 차원 마력 저항력 : 98

돌발 퀘스트의 보상으로 저항력을 두 번 추가로 얻으면서, 현재까지 누적된 이안의 차원 마력 저항력은 98이었다.

그리고 이제 마지막 퀘스트를 진행한지도 5시간이 다 되어 가는 상황이었으니, 이안은 추가 저항력을 얻을 때가 한참 지났다고 생각하였다.

'피로도가 꽉 차지 않아서 그런 것인지, 아니면 수치 자체가 높아져서 스텟을 올리기 어렵게 된 것인지……. 어지간히 안 오르는군.'

"쩝."

한차례 입맛을 다신 이안은, 기다란 창대를 다시 휘두르며 거신족 돌격병들을 처치하기 시작하였다.

후웅- 흥-!

투덜거리기는 했어도, 전투 자체는 무척이나 순조로웠다.

처음 들어왔을 때에는 둘의 거신족 정찰병을 상대로도 힘겨웠었는데, 이제는 어지간한 거신족들은 학살 수준으로 처치하고 있었으니 말이다.

그리고 그렇게, 마지막 거신족까지 처치하고 나자…….

띠링-!

시스템 알림음이 울려 퍼지면서, 예의 그 메시지들이 주르륵 하고 떠오르기 시작하였다.

-'거신족 돌격부대 궤멸 Ⅵ (돌발)' 퀘스트를 성공적으로 완수하셨습니다.

-클리어 등급 : SSS

-클리어 보상이 지급됩니다.

-경험치를 70,000만큼 획득하셨습니다.

-명성(초월)을 500만큼 획득하셨습니다.

-'지저금화' 재화를 5,000만큼 획득했습니다.

……후략……

'뭐, 역시 별다를 건 없는 건가?'

이미 여러 번 확인했던 메시지들이었기 때문에, 이안은 심드렁한 표정으로 그 목록을 확인해 내려갔다.

하지만 메시지들을 전부 다 확인하였을 때, 이안의 두 동공은 살짝 확대되어 있었다.

"음……?"

메시지의 마지막에, 지금까지와는 다른 새로운 메시지가 하나 떠올라 있었던 것이다.

-거신족 돌격부대장을 처치하셨습니다.

-'용맹의 팬던트' 아이템을 획득하셨습니다.

'돌격부대장은 이번에 처음 처치한 게 아니었는데…….'

이안은 의아한 표정이 되었다.

매번 돌격대 소탕 돌발 퀘스트가 발생할 때마다 꼭 하나 이상의 돌격부대장은 포함되어 있었는데, 지금까지 처치할 때는 드롭되지 않았던 아이템이 이번에 처음으로 드롭되었으니 말이다.

어쨌든 처음 보는 아이템을 획득하였으니, 이안은 곧바로 인벤토리를 열어 보았다.

그리고 인벤토리의 한쪽 구석에 반짝이는 팬던트의 정보창을 확인한 이안은, 저도 모르게 탄성을 내지를 수밖에 없었다.

"찾았다. 이거였구나……!"

이 용맹의 팬던트가 바로, 거신족의 전진거점으로 이안을 안내해 줄 나침반이나 다름없었으니 말이었다.

용맹의 팬던트

등급 : 유일(초월)　　　　　　**분류** : 잡화

거신족 진영의 '부대장'급 이상의 직책을 가진 거신들에게 주어지는 팬던트입니다.

팬던트를 지니고 있으면, '균열의 미로'에서 쉽게 길을 찾을 수 있을 것입니다.

*이 징표가 있으면, 지저에 있는 '쟈크람 마을'에 입장할 수 있습니다.
*유저 '이안'에게 귀속된 아이템입니다.
다른 유저에게 양도하거나 팔 수 없으며 캐릭터가 죽더라도 드롭되지 않습니다.

더해서 지저의 쟈크람 마을이라는 새로운 콘텐츠(?)에 대한 단서도 추가 옵션에 붙어 있었지만, 일단 그것은 나중에 생각해 볼 문제였다.

당장 진행 중인 퀘스트를 클리어하는 것이, 이안에겐 더 시급한 것이었으니 말이다.

'어디 보자……. 미로에서 길을 더 쉽게 찾을 수 있게 된다고?'

기대감에 마른침을 꿀꺽 삼킨 이안은, 거신들의 시체가 여기저기 널브러져 있는 미로를 구석구석 살피며 움직이기 시작하였다.

그리고 오래 지나지 않아, '쉽게 길을 찾을 수 있을 것'이라는 말의 의미를 알아낼 수 있었다.

"......!"

미로의 곳곳에서 이제까진 보이지 않았던 붉은 기운의 흐름을 발견하였고, 본능적으로 그 흐름이 거신족 전진거점과 이어졌다는 사실을 깨달을 수 있었으니 말이다.

쿵- 쿵- 쿵-!

"용족 놈들의 침입을 막아라! 녀석들에게 보급품을 단 한 개도 내줘서는 안 된다!"

콰쾅- 퍼엉-!

"놈들의 브레스를 조심해! 보급 창고가 브레스에 녹지 않도록 마력 실드를 유지시켜!"

-크허어엉!

정신없도록 치열하게 공방이 오가는 거신족 전진기지의 보급 창고.

그 안에서 이를 악물고 이리저리 뛰어다니는 한 명의 '마족' 유저가 있었으니.

그 남자의 정체는 당연히 아레미스였다.

'으아아......! 무슨 퀘스트 난이도가 이렇게 지옥이야?'

아레미스는 지금 죽을 맛이었다.

지금 보급 창고에 쳐들어오는 용족의 병력들은 대부분 '드레이크'들.

그런데 어찌 된 노릇인지 이 드레이크들의 전투력은 그가 알던 수준에서 한참 벗어나 있었다.

'무슨 놈의 드레이크들이 이렇게 날렵해?'

일반적으로 알려진 드레이크들의 특징은 단단한 방어력과 강력한 공격력을 가지고 있는 데 반해, 이동속도나 민첩성은 떨어진다는 것이었다.

하지만 지금 아레미스의 눈앞에 나타난 드레이크들은, 결코 느리지 않았다.

아니. 지금껏 거신족들과 함께 있다가 봐서 그런 것인지, 느리기는커녕 어지간한 민첩형 몬스터들만큼 빠르게 느껴지고 있었다.

그리고 아레미스가 이렇게 느끼는 이유는, 역시 차원 마력으로 인한 디버프의 영향이 지대하였다.

'아으, 12시간은 대체 언제 지나는 거야? 그때까지 어떻게든 살아남아야 하는데……'

지금 아레미스의 능력으로는, 드레이크 한 마리 정도를 일대일로 처치하는 것이 한계였다.

아니, 그마저도 거의 사투를 벌여야 가능할까 말까 할 정도로 어려운 수준이었다.

때문에 아레미스는, 최대한 영리하게 포지션을 잡는 중이었다.

거신족과 용족의 싸움이 한참 벌어져 있는 상황에서 교묘하게 싸움에 끼어들어, 소위 말하는 '막타'만 슬쩍 빼먹고 나오는 방식을 취한 것이다.

물론 기여도 없이 막타만 치게 되면 경험치를 비롯한 보상이 제대로 들어오지 않았다.

하지만 그런 것은 상관 없었다.

어쨌든 막타를 치면 처치 횟수로 인정이 되니, '보급 창고 수비' 퀘스트의 추가 보상을 받는 데에는 아무런 지장이 없는 것이다.

'후우, 어디 보자……. 지금까지 성공한 막타가 열두 번 정도는 되는 것 같으니까, 이대로 좀만 더 버티면 최소 금화 3천 냥 정도는 기대해도 되겠어.'

어마어마한 체력소모로 인해 다리가 후들후들 떨림에도 불구하고, 퀘스트 클리어 보상만 생각하면 힘이 샘솟는 아레미스.

게다가 이제는 '차원 마력 저항력'이라는 스텟이 존재한다는 것도 알게 되었으니, 힘들게 퀘스트를 진행한다는 데에 대한 동기 부여도 조금 더 확실해졌다.

'열심히 노가다한 덕에 벌써 저항력도 5포인트나 쌓았으니까…….'

그렇게 고갈되는 체력에도 불구하고, 이를 악물며 스스로를 격려하는 아레미스!

－퀘스트 종료까지 남은 시간 : 01:03:55

이제 1시간 남짓 남은 이 지옥만 잘 버텨 내고 나면, 꿀같은 보상이 찾아오리라고 그는 믿어 의심치 않았다.

"좋아, 끝나기 전까지 막타 딱 두 놈만 더 성공시켜 보자고……!"

하지만 그렇게 10여 분 정도가 더 지났을까?

띠링－!

익숙한 시스템 메시지가 울려 퍼지며, 아레미스의 눈앞에 청천벽력과도 같은 시스템 메시지가 떠올랐다.

－전장에 용족 진영의 지원부대가 도착하였습니다!

－강력한 라페르 일족의 전사들이 전장에 나타납니다.

－돌발 상황으로 인해, 퀘스트의 난이도가 상향됩니다.

－난이도 : SSS→SSSS

－라페르 일족 전사를 처치할 시, 추가보상을 세 배로 얻습니다.

생각지도 못했던 상황에, 자신도 모르게 괴성을 내지른 아레미스.

"으아아아……!"

아레미스가 지금 이 순간 하고 싶은 말은 딱 하나였다.

'아니, 더 이상 추가 보상 따윈 필요 없으니까 제발 이대로 퀘스트가 끝나게 해 달라고!'

라페르 일족 전사가 주는 추가 보상이 세 배라는 이야기는, 그를 처치하는 것이 평범한 드레이크를 처치하는 것보다 세 배 정도 어렵다는 이야기.

 지금의 아레미스로서는, 아예 대적할 생각조차 못할 법한 전력들이 전장에 나타났다고 해석할 수 있는 것이다.

 '후우, 침착하자, 아레미스. 막타고 나발이고, 그냥 창고 구석 어디에 숨어 있으면 되지 않겠어?'

 그러나 절규하는 지금 이 순간에도, 아레미스가 모르는 더 최악의 상황이 하나 있었다.

 "어디 보자⋯⋯. 저기, 저쪽이 거신족 보급 창고인 것 같은데."

 라페르 전사들의 선두에서 고개를 두리번거리며 보급 창고의 위치를 탐색하고 있는, 라페르 일족보다 몇 배는 무서운(?) '이안'이라는 존재가 있었으니 말이다.

 전투력만 놓고 따져 보더라도, 현재 이안의 전투력은 라페르 일족 전사들보다 몇 배 이상 강력하다고 할 수 있었다.

 "좋아, 싹 쓸어 버리고 빨리 퀘스트 마무리하자고."

 아마 시스템이 이안의 존재를 난이도 산정 요소에 집어넣었더라면, 퀘스트 난이도의 상향은 한 단계 올라가는 것에서 끝나지 않았을 것이다.

 이안이 등장한 이상 이 전장의 결말은, 둘 중 하나로 귀결될 수밖에 없기 때문이었다.

이안을 막아 낸 아레미스가 퀘스트를 성공하거나, 아니면 보급 창고를 전부 파괴한 이안의 퀘스트가 성공하거나.
 그리고 지금 이 상황을 지켜보는 누군가가 있었더라면, 그는 분명 이렇게 말했을 것이었다.

 "지켜 주지 못해서 미안해, 아레미스……."

 모니터링실에서 상황을 기록하던 LB사의 어느 직원처럼 말이다.

 보급 창고가 있는 거신족 전진 거점은 지금껏 이안이 전투해온 일반적인 균열 맵과 구조가 많이 달랐다.
 지금까지의 균열 맵이 끝없이 이어지는 깊숙한 절곡을 베이스로 사이사이에 균열의 파편이 떠다니는 위험천만한 맵이었다면, 방금 미로를 통과하여 이안이 도착한 이 거신족의 거점은 곳곳에 날카로운 바위 조각들이 불쑥불쑥 솟아 있을 뿐, 평범한 필드였던 것이다.
 하여 이안은, 지금껏 소환하지 않고 있었던 지상 소환수들까지 전부 다 소환할 수 있었다.
 "애들아, 심심했지? 다 쓸어 버리자고."

씨익 웃으며 눈을 찡긋하는 이안을 보며, 고개를 절레절레 젓는 뿍뿍이.

"뿌욱……. 주인아, 나는 조금 더 심심하고 싶뿍."

"시끄러."

뿍뿍이의 반발을 한마디로 일축해 버린 이안은, 아이언을 타고 다시 전장에 뛰어들었다.

이제 차원 마력의 압박으로 인한 디버프는 없는 것이나 마찬가지였고, 전투를 치른 지 10분이 지나지 않아 '급가속' 패시브로 인한 민첩성 증폭 효과가 아직도 남아 있었기 때문에, 아이언을 타고 쇄도하는 이안의 움직임은 날렵하기 그지없었다.

쐐애액-!

'급가속 지속 시간이 1분 정도 남은 것 같으니까 그 전에 한 놈 처치해서 시간을 늘려 놔야지.'

급가속 고유 능력은 한 번 중첩될 때마다 7.5퍼센트나 되는 민첩성 버프를 부여하며, 무려 15회까지 그 효과가 중첩된다.

최대치까지 버프를 끌어올리면, 무려 112.5퍼센트나 되는 민첩성이 추가되는 것이다.

게다가 마지막으로 적을 처치한 뒤 10분 동안이나 그 효과가 유지되기 때문에, 이안같이 미친 듯이 사냥하는 유저에게는 무한 지속 버프나 다름이 없었다.

콰콰쾅-!

버프 유지를 위해 가장 허약해 보이는 거신족 정찰병을 타깃팅한 이안이 순식간에 그의 등 뒤로 비행하며 창을 내질렀다.

콰드득-!

덩치 큰 거신족의 경우 약점 부위도 넓었기 때문에, 치명타를 띄우는 것도 무척이나 쉬웠다.

-'거신족 정찰병'에게 치명적인 피해를 입었습니다!

그리고 치명타가 떠오른 순간, 이안의 눈앞으로 수많은 시스템 메시지들이 주르륵 하고 이어졌다.

암천의 대장장이 '하루크'로부터 얻은 드레이크 소울 스피어와 천비각에서 얻은 '파괴의 목걸이'의 부가 효과가 발동된 것이다.

-'드레이크 소울 스피어'의 부가 효과가 발동됩니다.

-치명타 피해량이 100퍼센트만큼 증가합니다.

-모든 '근접' 공격의 위력이 15퍼센트만큼 증가합니다.

-모든 '물리' 속성의 공격 스킬 위력이 10퍼센트만큼 증가합니다.

-1T(1,000kg)이상의 몸집을 가진 대형 몬스터에게 70퍼센트만큼의 추가 피해를 입힙니다.

-모든 '거신족' 종족의 몬스터를 공격할 시 30퍼센트만큼의 추가 피해를 입힙니다.

-'파괴의 목걸이'의 부가 효과가 발동됩니다.

-치명타 피해량이 30퍼센트만큼 증가합니다.

-모든 '근접' 공격의 위력이 15퍼센트만큼 증가합니다.

-모든 '물리' 속성의 공격 스킬 위력이 10퍼센트만큼 증가합니다.

-1T(1,000kg)이상의 몸집을 가진 대형 몬스터에게, 50퍼센트만큼의 추가 피해를 입힙니다(누적 : 120퍼센트).

-'거신족' 종족의 몬스터를 공격할 시, 20퍼센트만큼의 추가 피해를 입힙니다(누적 : 50퍼센트).

'쓸 만한 물리 속성 공격 스킬이 없는 게 아쉽네. 그렇다고 고유 능력 때문에 무기를 바꿀 수도 없는 노릇이고…….'

이안은 순간적으로 걸린 어마어마한 버프를 확인하고는, 아쉬움에 입맛을 다셨다.

치명타 피해 증폭과 거신족 특화 공격력 증가.

그리고 근접 공격 위력 증가에 대형 몬스터 추가 대미지까지.

이러한 효과가 중첩되는 것만으로도 이미 어마어마한 공격력을 발휘하고 있는 이안이었지만, 물리 속성 공격 스킬이 없는 관계로 스킬 대미지 증폭 효과를 누릴 수 없다는 것이 아쉬운 것이다.

물론 과거에 림롱에게 강탈했었던 블러드 리벤지를 착용하면 강력한 물리 공격 스킬이 생기겠지만, 그렇게 되면 착용 중인 드레이크 소울 스피어를 해제해야 되니 어쩔 수 없었다.

"어쨌든 손맛 하나는 예술이네……!"

퍼퍽-!

몇만 단위로 뻥튀기 된 대미지를 보고는, 만족스러운 표정으로 창을 쑤셔 대는 이안.

퍼퍽- 퍽-!

그럼에도 불구하고 거신들은 그 덩칫값을 하는 것인지, 이안의 공격을 여러 차례 버텨 내었다.

"쿠워어어, 인간 따위가 감히……!"

물론 그래 봐야 1분을 채 넘기지 못했지만 말이었다.

"내 경험치가 되어랏!"

"커허억-!"

흥이 오른 이안의 추임새와 함께, 모든 생명력을 잃고 바닥에 쓰러지는 거신족 정찰병.

쿵-!

-'거신족 정찰병'을 성공적으로 처치하였습니다!

-소환수 '아이언'이 거신족 정찰병 처치에 기여하였습니다!

-아이언의 고유 능력 '급가속'의 효과가 발동합니다.

-'급가속'의 중첩이 이미 최대치(15)이므로, 더 이상 중첩되지 않습니다.

-'급가속' 효과의 지속 시간이 초기화됩니다.

그리고 그것을 신호탄으로, 이안의 소환수들과 라페르 일족의 전사들이 거신들을 학살하기 시작하였고…….

"크헉, 라페르 일족이 어째서 이곳에……."

"보, 보급 창고를 지켜야……."

이안은 제외하고라도 거신족 병력은 전력 자체가 압도적으로 밀리기 시작했다.

한편, 같은 시각 그리고 같은 장소.

퀘스트의 끝이 보이자 신이 나서 날뛰는 이안과는 완전히 상반되게 마지막 순간에 지금까지의 노력이 모두 물거품이 될 위기를 맞아, 공포에 떨고 있는(?) 한 남자도 있었다.

'저, 저놈은 이안이잖아? 어째서 이곳에 저놈이……!'

아레미스는 이안을 잘 안다.

이안과 어떤 친분이 있다거나 한 것은 아니지만, 이미 한 번의 악연(?)이 있었으니 말이다.

'아니 마족 랭커들 얼굴 보기도 어려운 판국에, 하필 저놈이 여기서 왜 나오는 거야?'

이안의 얼굴을 확인한 아레미스는 저도 모르게 온몸을 부르르 떨었다.

오랜만에 그의 얼굴을 마주하자, 잊고 있었던 악몽이 떠올랐기 때문이었다.

'젠장, 하필 이런 상황에서 또…….'

이안과 아레미스의 악연은, 다름 아닌 '신의 말판' 전장에서 시작되었다.

당시 아레미스는 마군 진영의 '보좌관'으로 전장에 출전하였으며, 직책에서도 알 수 있듯 세계랭킹으로 봐도 최상위권의 랭킹 보유자였다.

하지만 결과적으로 아레미스는 그 역사적인 첫 번째 신의 말판 전장에서, 아무도 기억하지 못하는 들러리 같은 존재로 남아 버리고 말았다.

당시 '병사' 계급부터 시작해서 '기마대' 계급까지 진급하며 상승세를 탄 이안에 의해, 그야말로 순식간에 삭제되어 버렸으니 말이다.

당시 이안이 아레미스를 처치하는 데 걸렸던 시간은 정확히 3분.

PVP에도 나름대로 자신감이 있었던 아레미스로서는 너무도 충격적인 결과였기 때문에, 그는 이안을 잊으려야 잊을 수 없었다.

보급 창고 안에 숨어 이안을 힐끔 응시한 아레미스는 이를 악물며 속으로 중얼거렸다.

'언젠가 복수해 줄 생각은 하고 있었지만, 오늘은 아니라고!'

만약 동등한 상황에서 만났더라면 전력을 다해 싸워 볼 생각도 있었다.

하지만 지금은 상황이 너무도 좋지 않았다.

이안은 '라페르 일족 전사들'이라는 용족 중에서도 제법 상위 등급의 NPC들을 등에 업고 있는 반면, 자신과 함께 하고 있는 거신족 병사들은 전부 전멸해 가고 있었으니 말이다.

보급 창고 안에서도 가장 깊숙한 곳에 틀어박힌 아레미스는 깊게 심호흡을 하며 머리를 굴렸다.

'일단 퀘스트 클리어는 글러먹은 것 같고, 어떻게든 여기서 살아남아야 해.'

그리고 완전히 죽으라는 법은 없는지 시스템은 아레미스에게 실낱같은 희망을 남겨주었다.

난이도가 상향되는 대신 페널티 몇 가지를 해제해 주었던 것이다.

-돌발 상황으로 인해 퀘스트의 난이도가 상향됩니다.

-난이도 : SSS→SSSS

-라페르 일족 전사를 처치할 시 추가 보상을 세 배로 얻습니다.

-불가항력으로 인해 퀘스트의 내용이 변동되었으므로 페널티가 완화됩니다.

-퀘스트에 실패하더라도 절반의 보상은 획득할 수 있습니다(사망한다면 모든 보상을 획득할 수 없습니다).

-퀘스트에 실패하더라도 거신족과의 친밀도가 낮아지지 않습니다.

덕분에 아레미스는 완전히 좌절하지 않을 수 있었다.

'사망만 하지 않으면, 최악의 결과는 면할 수 있어. 어떻게

든 살아남기만 하면 돼.'

아레미스에게 있어서 희망적인 부분은 이안이 아직 자신의 존재를 모르는 것 같다는 점이었다.

또, 지금 그가 숨어 있는 이 창고 안에 용족 NPC들이 약탈해 갈 만한 물자가 거의 없다는 점도 다행이었다.

'만약 여기가 아니라 동쪽 창고에 숨었다면 벌써 발각되고도 남았겠지.'

그리고 이 상황을 잘만 이용한다면, 용족 진영의 NPC들이 한참 전쟁에 몰두해 있는 동안 충분히 이 전장을 빠져나가 도주할 수 있을 것이었다.

"후으읍!"

한차례 깊게 심호흡한 아레미스는 다시 창밖으로 슬쩍 시선을 움직였다.

전황을 살핀 후 단숨에 내달려 지저를 향해 이동한다면, 아무리 이안이라 하더라도 따라올 수 없으리라.

'그래, 일단 창 밖에 이안이 보이는 것 같지는 않고……'

창을 통해 보이지 않는 건물의 반대편 상황까지는 알 수 없었지만, 그 부분에 대해서는 어쩔 도리가 없었다.

운에 맡길 수밖에 없는 것이다.

'자, 딱 셋만 세고 뛰어 나가는 거야!'

마치 육상 선수들이 스타팅 포인트에서 달릴 준비를 하듯 자세를 낮추고 뛰어 나갈 준비를 하는 아레미스.

하지만 다음 순간, 아레미스는 더 이상 계획대로 움직일 수가 없었다.

쿵.

"……?"

쿠쿵- 쿵-!

그가 튀어 나가려던 보급 창고의 철문 너머로, 정체를 알 수 없는 묵직한 진동음이 울려 퍼지기 시작했으니 말이었다.

띠링-!

-'거신족 자경대원'을 성공적으로 처치하셨습니다!

-경험치를 8,022만큼 획득합니다.

-가문 '암천'에 대한 공헌도가 5만큼 증가합니다.

-'지저금화' 재화를 501만큼 획득했습니다.

-'거신족 수비병'을 성공적으로 처치하셨습니다!

-'거신족 정찰병'을 성공적으로 처치하셨습니다!

……후략……

이안의 눈앞에 연달아 떠오르는, 기분 좋은 시스템 메시지들.

그 메시지들만 봐도 알 수 있겠지만 이안은 미친 듯이 거신족 병사들을 도륙하고 있었으며, 수십이 넘던 거신족의 병사들은 이미 절반이 넘게 쓰러진 상황이었다.

"휘유, 이거 마지막 퀘스트 치고 너무 쉽잖아?"

물론 '자경대원'이나 '정찰대장' 같은 녀석들은 제법 난폭하고 강력한 전투력을 가지고 있었다.

하지만 그것은 전투가 끝나기까지 조금 더 시간을 지연시키는 정도일 뿐 그 이상의 어떤 의미는 없었다.

그리고 이렇게 이안이 쉽게 퀘스트를 진행할 수 있었던 이유는 간단했다.

원래 '차원 마력 저항력'이라는 능력치는 균열을 지나 본격적으로 거신족과 전쟁할 쯤에야 100 가깝게 확보되도록 설계되어 있었던 것.

그런데 이안은 콘텐츠 도입 시점에서부터 이미 그 수준을 확보하고 있었으니 이것은 당연할 수밖에 없는 결과였던 것이다.

"자, 이제 절반 정도는 밀어낸 것 같으니 확보된 보급 창고를 먼저 파괴해 볼까?"

이안은 지금껏 소환하지 않고 있었던 유일한 소환수 '토르'를 보급 창고 옆에 소환하였다.

-그워어어-!

느려 터진 움직임을 가진 토르는 거신족들과 상성이 최악이었기에 지금까지는 소환하지 않고 있었다.

하지만 이미 승패가 기울어진 지금, 퀘스트 달성 조건인 보급 창고를 부수는 데에는 토르만큼 효율적인 성능을 가진 소환수도 없었다.

 건물 철거 능력만큼은 타의 추종을 불허할 정도로 뛰어난 토르였기에, 소환된 토르의 거대한 망치를 보는 것만으로도 이안의 입가에 미소가 떠올랐다.

 "자, 토르."

 -그워어- 크워!

 "철거 시작하자!"

 -그륵- 그륵-.

 이안의 말에 고개를 끄덕이며 자신감 넘치는 표정으로 망치를 들어 올린 토르는, 덩그러니 남은 보급 창고를 향해 그것을 내리찍었다.

 쿵- 콰앙-!

 단 한 번의 망치질에 철문은 찌그러져 제 기능을 할 수 없게 되었고…….

 콰쾅-!

 두 번째 망치질이 이어지자 보급 창고의 골격이 무너져 내리기 시작하였다.

 우르릉-!

 "좋았어! 잘한다, 토르!"

 그리고 그 창고에 누가 들어 있는지 알 리 없는 이안은, 토르만 덩그러니 남겨 놓은 채 다시 전장으로 내달리기 시작하였다.

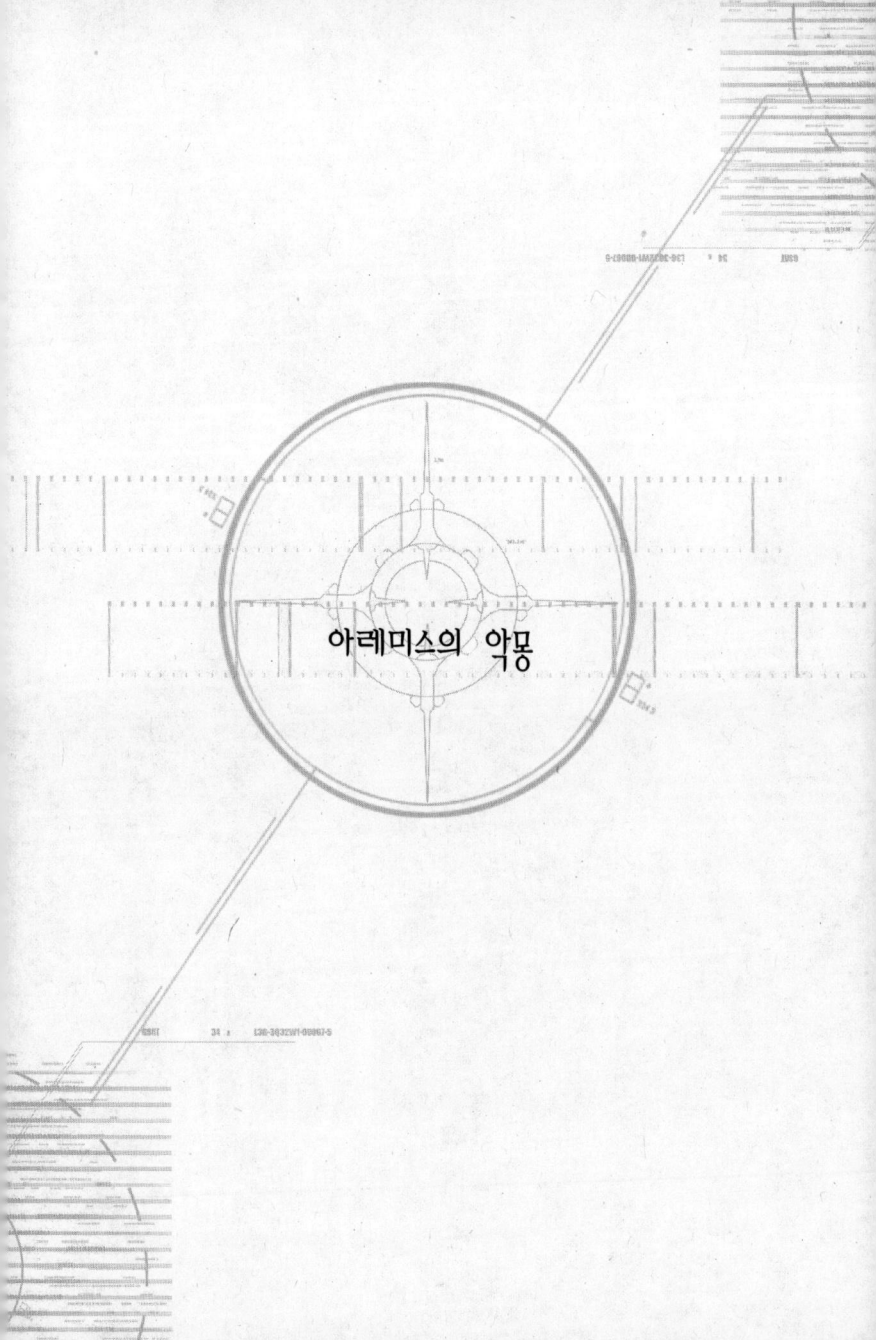

아레미스의 악몽

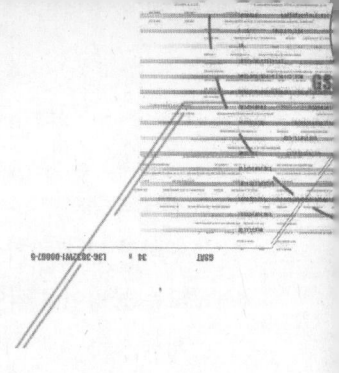

토르는 망치질을 제일 좋아한다.

조금 더 정확히 말하자면, 거대한 망치로 뭔가를 파괴하는 것을 가장 좋아한다.

'파괴의 해골기사'라는, 그 수식어답게 말이다.

쿵- 쾅!

-그워어, 그워어어(신난다, 신나)!

반면에 토르는, 덩치에 어울리지 않게 누군가에게 맞는(?) 것을 무척이나 싫어한다.

그래서 토르가 가장 좋아하는 것은 이렇게 저항 능력이 없는 무생물을 때려 부수는 것이었다.

-그르륵, 크어엉(망치 맛 좀 봐라)!

쾅- 콰쾅-!

신바람 난 토르가 망치를 내리찍을 때마다 보급 창고의 내구도는 뭉텅이로 깎여 나갔고…….

콰득.

-'거신족 보급 창고'의 내구도가 97,803만큼 감소합니다.

-'거신족 보급 창고'의 내구도가 105,123만큼 감소합니다.

……후략……

100만 단위가 넘을 정도로 높은 내구도를 가지고 있던 거신족의 보급 창고는 순식간에 절반 이상의 내구도를 잃어버렸다.

-그르릉- 그워어!

마치 전장의 선봉에 선 대장군처럼, 망치를 치켜든 채 용맹하게 포효하는 토르.

쿵- 쿵-

무너져 가는 보급 창고를 보며 희열을 느끼는 것인지, 토르의 망치질은 더욱 과격하고 빨라졌다.

쾅- 콰앙- 우지끈!

그리고 그렇게, 5분 정도의 시간이 더 흘렀을까?

콰앙- 와르르르!

결국 망치질을 더 이상 버텨 내지 못한 보급 창고가 우르르 무너져 내리기 시작하였다.

-거신족 보급 창고의 내구도가 전부 소진되었습니다.

-거신족 보급 창고가 파괴되었습니다!

-그워어어, 그워엉(주인, 어디 있냐)? 그어어억(내가 해냈다)!

마치 숙제를 끝내고 칭찬을 기다리는 초등학생처럼 두리번거리며 이안을 찾는 토르.

하지만 이 복잡한 전장에서 이안을 찾아내기에, 토르는 너무 둔하고 느렸다.

-그르르륵(열심히 일했으니, 잠깐 쉬어 볼까)?

성취감(?)에 도취된 토르는, 자신이 무너뜨린 보급 창고의 잔해에 걸터앉았다.

그리고 주인이 돌아올 때까지 얌전히 앉아서 기다리기로 하였다.

물론 능동적으로 주인을 찾아가 다음 임무를 받을 수도 있었으나, 굳이 그렇게까지 일하고 싶지는 않은 모양이었다.

-그르륵 그어억(다들 잘 싸우는군).

거대한 머리통을 좌우로 천천히 돌리며, 여유롭게 전장을 스캔하는 토르.

그런데 그렇게 토르가 여유로운 시간을 보내고 있던 그때.

덜컥- 덜컹-!

토르의 허벅다리 아래에 눌려 있던 커다란 잔해 덩어리 하나가, 미약한 소리를 내며 덜컹거리기 시작했다.

그에 의아한 표정이 된 토르는 움직이는 잔해를 슬쩍 들춰

아레미스의 악몽 139

보았다.

―그르륵(이게 왜 움직이지)?

하지만 다음 순간, 토르는 더욱 당황할 수밖에 없었다.

"켁, 커헉……. 사, 살려 줘!"

들춰낸 잔해 더미 사이로, 붉은 투구를 쓰고 있는 웬 남자의 얼굴이 드러났기 때문이었다.

무너진 건물에 온몸이 묻힌 상태로, 얼굴만 빼꼼 나와 있는 정체불명의 남자.

―그륵, 그르르륵(뭐야, 넌 누구냐)?

놀란 토르는 이빨을 딱딱거리며 망치를 치켜들었고, 그에 더욱 놀란 남자는 미친 듯이 고개를 휘젓기 시작하였다.

"아, 아냐, 그러지 마, 친구! 이, 일단 망치 좀 치우고 얘기할까 우리?"

남자의 간절함을 느낀 토르는 일단 치켜들었던 망치를 내려놓았다.

머리 나쁜 토르가 보기에도 건물에 깔린 남자는 아무런 위협이 되지 않아 보였기 때문이었다.

딱― 따딱.

이빨을 따닥거리며, 생각에 빠진 토르.

―그릉 그그극(이놈을 어떡할까)?

그리고 잠시 동안 머리를 굴린 토르는, 일단 주인이 돌아올 때까지 판단을 보류하기로 하였다.

지능 수치가 100도 채 안 되는 토르가 판단하기엔, 너무도 어려운 문제였기 때문이었다.

딱- 따다닥-!

생각을 마친 토르는 다시 건물의 잔해에 엉덩이를 깔고 앉았다.

털썩-!

그리고 일부러 그랬는지 우연인지는 알 수 없었지만 건물 밑에 깔린 남자가 나올 수 없도록, 정확히 그의 머리 옆을 엉덩이로 눌러 버렸다.

"야, 이 미친 해골바가지야, 살려 달라고!"

남자는 절규했지만, 거대한 해골은 이제 그에게 눈길조차 주지 않았다.

다만 앉은 자세 그대로 마치 석상이라도 된 듯 몇 분이 더 지날 동안 미동조차 하지 않을 뿐이었다.

거신족 전진기지에 진입한 지 대략 1시간 정도가 지났을 무렵.

띠링-!

기분 좋은 시스템 메시지들이 우르르 떠오름과 동시에, 용족 진영은 완벽한 승리를 거둘 수 있었다.

-'거신족 자경단장'을 성공적으로 처치했습니다!

-전진거점을 지키는 '거신족 자경단'을 모두 섬멸하였습니다!

-조건을 충족하여, 추가 보상을 획득합니다.

-경험치를 127,500만큼 획득하였습니다.

-가문 '암천'에 대한 공헌도가 1,000만큼 증가합니다.

-'지저금화' 재화를 3,500만큼 획득했습니다.

……후략……

'후후, 레벨이 또 올랐네. 조만간 60레벨도 충분히 찍을 수 있겠어.'

추가 보상으로 떠오른 경험치와 재화를 확인한 이안은, 히죽 히죽 웃으며 승리의 기분을 만끽하였다.

지금까지 얻은 보상들도 충분히 훌륭했지만 아직 진행 중이던 퀘스트의 메인 보상이 남아 있었으니, 더욱 기분이 좋아질 수밖에 없었던 것이다.

이제 전장에 덩그러니 남아 있는 두 개의 보급 창고만 뚝딱뚝딱 파괴해 버리면, 이대로 퀘스트에 마침표를 찍을 수 있을 터였다.

'기다려라, 루가릭스! 형이 간다!'

신이 난 이안은 토르를 찾기 위해 고개를 두리번거렸다.

최근 들어 많이 게을러진 토르 녀석은 분명 시킨 일만 마친 뒤 가만히 있을 게 분명하였다.

그리고 토르를 발견한 이안의 입에서, 피식 웃음이 새어 나왔다.

'토르 녀석, 아예 자리 잡고 주저앉아 있네?'

이안은 바로 아이언의 고삐를 잡아당겨 토르가 있는 곳을 향해 비행하였다.

이안이 도착하기 전 전장에서 싸우던 여러 용족들이 이안에게 말을 걸어왔지만, 그것들을 일단 못 들은 척하기로 하였다.

"오, 그대는 정말 대단한 용맹을 가진 전사로군. 우리 빙해의 가문과 동맹으로서 함께하는 건 어떠한가!"

"무슨 소리! 이런 뜨거운 용맹을 지닌 용사라면, 응당 우리 홍염의 가문과 함께해야 하는 법."

"어허, 이거 왜들 이러시나. 이안, 우리 성토의 가문으로 찾아오시게. 천주께서 암천 녀석들과는 비교도 되지 않을 만큼 잘해 주실 테니 말일세."

하지만 지금 이안에게는, 이들의 관심에 일일이 대응해 줄 시간 같은 것이 없었다.

"토르, 다음 건물 부수고 있었어야지! 태평하게 쉬고 있을 때가 아니라고!"

이안의 부름에 화들짝 놀란 토르는, 삐걱거리는 소리를 내며 자리에서 일어났다.

그리고 이안을 향해, 뭐라 변명하기 시작하였다.

-드륵- 그드득, 그르르륵(여기 수상한 놈이 있어서 지키고 있었던 거다, 주인아).

물론 이안은 토르의 말을 알아들을 수 없었기에, 아리송한 표정이 되었다.

"음? 뭐라는 거야?"

하지만 알아들을 수 없다고 토르의 말을 무시해 버리기에는, 지금껏 토르가 이렇게 길게 말하는 것을 본 적이 없는 이안이었다.

-그륵, 그르륵(여기 이놈이다, 주인아).

토르는 망치를 들지 않은 왼손으로 자신이 깔고앉아 있던 자리를 가리켰고, 이안의 시선은 자연히 토르가 가리키는 곳을 향해 움직였다.

그리고 다음 순간.

"어……?"

그곳을 확인한 이안은, 당황스러운 표정이 될 수밖에 없었다.

"뭐냐, 마족이 왜 여기서 나와?"

이안의 얼굴을 똑똑히 기억하는 아레미스와 달리 이안은 그의 얼굴을 기억하지 못했지만, 적어도 그가 마족이라는 정도는 외모만 봐도 알 수 있었다.

그리고 마족을 발견하자, 이안은 토르가 무슨 말을 하고자

했었는지 대략적인 이해를 할 수 있었다.

"짜식, 잘했어. 어떻게 이런 기특한 생각을 했대?"

―드르륵, 드르르륵(내가 이 정도다, 주인아)!

"못 본 사이 머리가 많이 좋아졌는데?"

―그워어어(더 칭찬해 줘라)!

"그러니까 저쪽으로 가서, 보급 창고 두 개도 마저 부수고 있어. 이번에도 잘할 수 있지?"

―그허엉! (물론이다! 맡겨 줘라!)

토르와 의미 불명의 대화를 나눈 이안은 녀석에게 새로운 임무를 부여한 뒤, 잔해에 깔려 있는 마족을 향해 시선을 돌렸다.

'히야, 토르 이놈은 대체 마족을 이 안에 어떻게 가둔 거지? 신통하네.'

마족은 거의 망연자실, 해탈한 표정을 하고 있었고 이안은 빠르게 잔머리를 굴리기 시작하였다.

'그냥 죽여도 되지만, 그건 재미없고……'

입가에 음흉한 미소를 띤 이안이 그를 향해 천천히 다가갔다.

'저놈을 어떻게 써먹을 방법이 없을까?'

그리고 다음 순간.

"……!"

머릿속에 뭔가 떠오른 이안의 얼굴에, 환한 미소가 번져

나갔다.

 인간 유저들에게 기사 클래스가 있다면, 마족 유저들에게는 '마령 기사' 클래스가 있다.
 그리고 마계의 최상위 랭커인 아레미스는 전 세계 마령기사 클래스 유저들 중 열 손가락에 꼽을 정도로 최상위의 실력을 가진 랭커였다.
 물론 지금은, 이렇게 건물 잔해에 깔린 채로 무력하기 그지없는 상황이었지만 말이다.
 "사, 살려 줘라, 이안."
 그와 눈이 마주친 아레미스가 불쌍한 표정으로 입을 열었고, 그 목소리를 들은 이안은 살짝 놀란 표정이 되었다.
 "너, 날 알아?"
 그리고 이안의 이 반문은, 아레미스에게 깊은 내상(?)을 안겨 주었다.
 "크윽, 설마 네놈은 내가 기억나지 않는단 말이냐!"
 "음……? 우리 아는 사이였나? 어디서 만났는데?"
 "신의 말판 전장에서…….."
 "아, 그래? 그때 내가 한두 명이랑 싸웠어야 기억을 하지."
 "……."

"아예 기억에 없는 걸 보면, 오래 싸우지도 않았나 보네."

"후우……."

이안의 강력한 팩트 폭력에, 잠시 말을 잃어버린 아레미스.

하지만 구겨진 자존심은 이미 어쩔 수 없는 것이었고, 지금 아레미스에게 중요한 것은 어떻게든 여기서 살아남는 것뿐이었다.

'크흑, 이 수모는 언제고 반드시 갚아 주리라!'

속으로 깊게 다짐한 아레미스는, 이안을 향해 다시 입을 열었다.

"아무튼, 과거의 인연을 생각해서 한 번만 살려 줘라, 이안."

"흐음……."

"살……려 준다면, 내가 갖고 있는 지저금화를 좀 나눠 줄게."

"지저금화?"

"그래. 너는 용족 진영이라 모르겠지만, 이거 되게 귀한 거라고."

아레미스의 말에, 이안의 두 눈이 반짝였다.

애초에 이안이 아레미스로부터 뜯어 보려고 했던 것도 이 지저금화와 관련된 것이었기 때문이다.

"그으래? 지저금화 얼마나 줄 수 있는데."

솔깃해 보이는 이안의 표정에, 아레미스는 마른침을 꿀꺽 집어삼켰다.

'내가 지금 갖고 있는 금화가 3천 냥 정도에, 살아남으면 얻을 수 있는 금화가 2,500냥 정도 되니까……'

빠르게 계산을 마친 아레미스가 천천히 입을 열었다.

"800냥 정도 줄 수 있어."

"800……?"

"아니, 1천!"

"혹시 내가 잘못 들었나?"

"그, 그럼 1,200!"

아레미스의 말을 들은 이안은, 어처구니없다는 표정이 되었다.

아레미스가 제안한 액수가 이안의 입장에서는 너무 푼돈이기 때문이었다.

물론 아레미스로선 살아남아서 얻을 수 있게 될 금화의 절반 가까운 큰 액수를 주겠다는 나름 파격적인 제안이었지만, 그것은 그저 아레미스의 기준일 뿐이었다.

'이 친구가 지금 장난하나. 내가 오늘 파밍한 금화만 2만 냥은 되는 것 같은데.'

하지만 애초에 금화 자체를 뜯어낼 생각은 별로 없었던 이안은, 별다른 이야기를 하지 않은 채 고개를 절레절레 저었다.

"아니, 딱히 금화는 필요 없어, 친구."

"이, 이거 진짜로 귀한 거라니까?"

"귀한 건 알겠는데, 난 지금 다른 게 더 필요하거든."

이안의 말에, 아레미스의 동공이 살짝 확대되었다.

필요한 게 있다는 말은, 그것을 충족시켜 주면 자신을 살려 줄 수도 있다는 말이었으니 말이다.

"그 필요한 게…… 뭔데?"

이안을 향해 되물은 아레미스는, 긴장으로 인해 마른침을 다시 꿀꺽 집어삼켰다.

그리고 잠시 후.

한차례 뜸을 들인 이안의 입이 다시 천천히 열리기 시작하였다.

"지저세계에 쟈크람 마을이라는 곳 있지?"

"……!"

"거기에 날 데려다 줘. 그럼 살려 주도록 하지."

생각지도 못했던 이야기를 들은 아레미스의 두 눈이 더욱 크게 확대되었다.

아레미스는 당황했다.

어쩌면 전장에 이안이 나타났을 때보다도 더, 숨어 있던 보급 창고가 무너지기 시작했을 때보다도 더 당황했을지도 모른다.

이안이 언급한 쟈크람 마을은, 전 세계 모든 유저들 중 자신 혼자만 아는 곳이라고 생각했었기 때문이다.

"쟈, 쟈크람 마을이라고 했어 지금?"

너무도 놀란 나머지 아레미스는 거의 반사적으로 반문했고, 그에 이안은 심드렁한 표정으로 대꾸하였다.

"왜? 싫어?"

"……!"

"싫으면 그냥 죽든가."

"아, 아냐! 잠깐만!"

아레미스는 빠르게 손을 휘휘 저으며 창을 휘두르려던 이안을 저지했다.

그리고 그와 동시에, 필사적으로 머리를 굴리기 시작하였다.

'대체 이안 이놈이 쟈크람 마을에 대해 어찌 아는지는 모르겠지만…… 어쩌면 이건 기회일 수도 있어.'

쟈크람 마을은 지저로 통하는 균열의 입구와 그리 멀지 않은 곳에 자리한다.

하지만 그렇다고 해서, 찾기 쉬운 곳에 있다는 말은 아니었다.

쟈크람 마을은 균열 입구 남동쪽에 있는 붉은 바위산 깊숙한 곳에 위치하는데, 그곳은 시뻘건 용암이 흐르는 험준한 지형이기 때문이었다.

게다가 이 붉은 바위산에는 사나운 용암 거인들이 서식하는데, 이들은 다른 거신족들과 달리 자아를 가지고 있지 않지만 전투력은 어마어마한 수준이었다.

아무리 이안이라 하더라도, 쉽게 상대하지 못할 정도로 말이다.

'일단 이안을 쟈크람 마을 쪽으로 유인할 수 있으면, 역으로 녀석을 처치할 수 있는 기회가 생길지도 몰라. 염왕의 가문 조력자인 나는 용암거인들에게 공격받지 않겠지만, 이안은 다를 테니 말이지.'

일차적으로 빠르게 계산을 마친 아레미스가 은근한 목소리로 이안을 향해 물었다.

"쟈크람 마을에서 뭘 하려는 건진 모르겠지만. 데려다줄 순 있어."

그리고 아레미스의 긍정적인 대답에, 이안의 두 눈이 반짝이기 시작했다.

"오호, 그래……?"

아레미스의 말이 다시 이어졌다.

"다만, 하나는 확실해야겠지."

"뭐가?"

"쟈크람 마을에 데려다 줬을 때, 내가 확실히 살아 돌아갈 수 있게 뭔가 장치가 필요하지 않겠어?"

아레미스의 말은, 어쩌면 당연한 것이었다.

지금 그의 생명력은 이안이 대충 한 대 치면 사망할 정도로 바닥 수준이었는데, 만약 이안이 쟈크람 마을에 도착하자마자 약속을 어기고 공격한다면 살아남을 방법이 없으니 말이다.

하지만 그렇다고 해서 미리 아레미스에게 자유(?)를 줄 순 없었다.

이안 또한 약속 불이행에 대한 리스크를 줄이기 위해서라도, 마을에 도착할 때까지 아레미스를 인질로 잡고 있어야 했으니 말이다.

"흐음……."

이안은 잠시 턱을 만지작거리며 생각에 잠겼다.

어떻게 해야 서로 윈윈할 수 있을지 머리를 굴리기 시작한 것이다.

그리고 잠시 후, 이안은 고개를 끄덕이며 다시 말을 이었다.

"좋아, 아레미스. 네 말에도 일리가 있군."

"그럼…… 어떻게 할 거야?"

"쟈크람 마을에 데려다 달라던 요구 사항은 일단 보류할게."

생각지 못했던 이안의 답변에, 아레미스는 또 다시 당황하였다.

"그, 그럼……?"

더해서 이어진 이안의 말을 들은 순간, 표정이 확 일그러질 수밖에 없었다.

"대신 네가 가진 지저 세계의 월드 맵을 공유해 줘. 그럼 여기서 꺼내서 곧바로 살려 보내 주도록 하지."

"……!"

카일란에서는 다른 유저에게 자신의 월드 맵 일부를 공유할 수 있는 기능이 있다.

그리고 맵을 공유받은 유저는 본인이 가지고 있던 월드 맵을 자동으로 업데이트할 수 있게 된다.

본인이 밝혀 놓은 맵에 공유받은 맵이 더해지면서, 가보지 않은 맵의 구조를 볼 수 있게 되는 것이다.

그리고 이안의 제안을 들은 아레미스는 어처구니가 없을 수밖에 없었다.

맵을 공유해 달라는 것 자체가 오히려 요구 사항은 더 커진 것인데, 리스크는 하나도 줄지 않았으니 말이었다.

"대체 뭐가 달라진 건데?"

"음……?"

"이 제안도 마찬가지로, 맵만 공유받은 다음 네가 날 죽여 버릴 수도 있는 거잖아."

물론 아레미스가 가지고 있는 모든 월드 맵이 아닌 지저세계의 맵만을 이안에게 공유해 주는 것이었지만, 지금까지 지저세계에 들어온 마족 유저가 거의 없는 만큼, 아레미스의 월드맵이 가진 가치는 어마어마할 수밖에 없는 것.

하지만 이안은 완고하기 그지없었다.

"싫어?"

"으응……?"

"그럼 죽든가."

"하아……."

이안이 또다시 창을 들이밀자, 아레미스의 입에서 깊은 한숨이 새어 나왔다.

순간적으로 그냥 죽어 버릴까 하는 생각도 하였으나, 아무리 생각해도 그건 아니었다.

'잃어버리게 될 퀘스트 보상도 보상이지만 데스 페널티도 엄청날 테고, 동맹 가문 퀘스트까지 처음부터 다시 해야 할 테니까…….'

여기서 죽는다면 적어도 일주일 이상의 손해를 보게 될 것이고, 그 정도 손해를 본다는 것은 후발 주자들에게 콘텐츠 선점 기회를 전부 헌납하는 것이나 다름없다고 할 수 있었다.

지금 이 순간에도 마족 랭커들이, 하나둘 지저세계에 진입하고 있을 테니 말이었다.

그리고 이렇게 혼돈에 빠져 있는 아레미스의 의사 결정을 돕기 위해, 이안이 슬쩍 다시 입을 열었다.

"여, 아레미스."

"왜?"

"정 불안하면 내가 계약서 하나 써 줄게."

"계약서?"

"왜 카일란 계약서 있잖아. 잠깐만 기다려 봐."

이안은 인벤토리를 열어, 항시 상비하고 다니는 카일란 계약서 아이템 하나를 꺼내 들었다.

라오렌에게 임무(?)를 줄 때마다 애용하는 아이템이었기 때문에, 언제나 인벤토리에 구비되어 있었던 것이다.

슥슥.

무척이나 자연스러운 손놀림으로, 계약서를 써 내려가는 이안.

그리고 잠시 후, 이안은 아레미스에게 계약서 내용을 보여주었다.

카일란 계약서.

이 계약서에 갑과 을 모두가 사인을 한 시점부터, 갑과 을은 2시간 동안 서로 공격할 수 없다.

만약 계약을 어길 시 상대에게 10만 차원코인을 지급하도록 한다.

단, 을이 갑에게 '지저 세계의 월드 맵'을 공유했을 시에만, 이 계약서는 유효하다.

갑 : 이안 / 을 : 아레미스

계약서의 내용을 확인한 아레미스는, 한숨을 푹 쉬며 고개를 끄덕였다.

확실히 LB사의 공증을 받을 수 있는 이 계약서에 사인을 한다면, 이안이 함부로 약속을 어길 수는 없을 것이라고 생각되었기 때문이다.

계약서의 내용대로라면, 오히려 이안이 약속을 어겨서 10만 차원코인을 줬으면 좋겠다고 생각할 수준.

"조, 좋아. 알겠어, 이안."

"후후."

"네 제안을 수락하도록 하지."

일단 생각을 결정하자, 계약은 금방 진행되었다.

슥- 스슥-

이안의 서명이 들어간 계약서를 건네받은 아레미스는 곧바로 계약서에 서명을 한 뒤, 이안이 요구한 대로 월드 맵을 공유한 것이다.

띠링-!

-마족 유저 '아레미스'로부터 '지저地底'의 월드 맵을 공유 받았습니다.

-마족 유저 '아레미스'의 맵 정보가 동기화됩니다.

그리고 아레미스에게 맵을 공유받은 이안은, 약속대로 토르를 시켜 건물 잔해를 치우기 시작하였다.

그그긍- 쿵-!

그리고 그 안에서 빠져나온 아레미스는 아랫입술을 잘근잘근 깨물며 이안을 향해 입을 열었다.

"근시일 내로 쟈크람 마을에 오길 바라."

"음······?"

"다음에 만났을 땐, 내 손으로 네놈을 죽여 줄 테니 말이야."

비장한 표정으로 말하는 아레미스를 보며, 이안은 피식 웃었다.

"뭐, 건물에 깔려 죽을 뻔한 실력으로 가능할지는 모르겠지만, 좋을 대로."

"후우······."

이안의 말에 얼굴이 시뻘개진 아레미스는 곧바로 걸음을 돌려 달리기 시작하였다.

이안에게 공격받지 않는다 하여 다른 용족들에게까지 안전한 것은 아니었으니, 한시라도 빨리 이 위험한 전장을 벗어나려는 것이다.

그리고 그런 아레미스의 뒷모습을 잠시 응시하던 이안은, 실소를 흘리며 중얼거렸다.

"흐흐, 토르 덕분에 생각지도 못했던 꿀을 얻었어."

이안은 아레미스에게 받은 지저세계의 월드 맵을 오픈해

보았다.

지저세계는 이안이 아직 발조차 들여 보지 못한 새로운 맵이었으니, 그냥 지도 한 장을 통째로 얻은 것이나 다름없는 상황이었다.

'아레미스, 네 말대로 근시일 내에 다시 만나자고. 그땐 더 큰 걸 뜯어내 줄 테니 말이야.'

히죽히죽 웃은 이안은, 접어 두었던 퀘스트 창을 다시 오픈해 보았다.

거점 하나를 싹 털면서 보급 창고는 네 개나 부숴 버렸으니, 퀘스트 완료 조건이 다 충족되었는지 확인해 본 것이다.

클리어 조건 : 거신족 보급 창고 파괴 (4/3)
'마력의 심장' 아이템 회수 (2/5)

그리고 그것을 확인한 이안은 아쉬움에 입맛을 다셨다.

'쩝, 비어 있는 보급 창고가 두 개나 되어서, 마력의 심장은 아직 다 회수하지 못했나 보네.'

이안이 거점을 파괴하면, 라페르 일족 전사들이 그 안에 있는 물품들을 회수한다.

때문에 마력의 심장이 몇 개나 회수되었는지는 모르고 있었는데, 생각보다 조금밖에 달성되지 않아서 아쉬웠던 것이다.

"뭐, 거점 하나 터는 데 1시간도 채 안 걸린 것 같은데, 몇 군데 더 털면 마무리할 수 있겠지, 뭐."

긍정적으로 생각한 이안은 걸음을 돌려 폐허가 된 전진 거점을 통과해 이동하기 시작하였다.

전진 거점은 분명 이곳 한 군데가 아닐 것이었으니, 더욱 깊숙한 곳으로 들어선 것이다.

그런데 다음 맵으로 이동하는 도중 이안의 머릿속에 한 가지 의문이 떠올랐다.

정신없이 싸우느라 생각지 못하고 있었던 내용이 문득 생각난 것이다.

'그러고 보니 방금 쓸어 버린 여기가 거점 진지였던 것 같은데, 장로들이 조심하라 했던 마력의 거인은 아직 그림자도 못 만났네? 마강석인지 뭔지도 아직 한 개도 못 찾았고…….'

라페르 일족 장로들과 같이, 최상위 퀘스트를 주는 메인 NPC들은 결코 실없는 이야기를 하지 않는다.

그들이 퀘스트를 주며 하는 말 하나하나에 들어 있는 요소들은, 어떤 방식으로든 퀘스트에 전부 도움이 되는 말이라는 것이다.

때문에 이안은, 마력의 거인이라는 녀석을 적어도 한 놈 이상은 만나게 될 것이라 생각하였다.

퀘스트를 클리어하는 동안 한 녀석도 만나지 못할 개체였다면, 장로들이 그렇게 심각하게 언급하지 않았을 테니 말이다.

"저쪽에 거신족의 기운이 느껴진다, 이안."

"테사르의 말대로군. 저쪽이 거신들의 주력부대가 있는 본거점이야."

라페르 전사들 중 우두머리격 NPC인 테사르의 말에, 이안의 시선이 그가 가리킨 방향으로 자동으로 움직였다.

이어서 아이언을 타고 조금 높은 곳으로 올라가 보았다.

그러자 거대한 목책으로 둘러져 있는 거신들의 기지를 발견할 수 있었다.

'여기가 본 거점이구나. 어쩐지 전진거점의 난이도는 너무 낮은 느낌이었어.'

이어서 조금 더 거리가 가까워지자, 이안은 처음 보는 외형을 가진 거인들을 발견할 수 있었다.

그 거인들의 덩치는 오히려 다른 거신들보다 조금 작은 느낌이었다.

그러나 거신들이 피륙으로 만들어진 근육질의 몸을 가지고 있다면, 녀석들은 마치 로봇처럼 철갑으로 온몸을 두르고 있었던 것이다.

그리고 그들을 발견한 이안은 본능적으로 확신할 수 있었다.

"역시……!"

녀석들이 바로 라페르 장로들이 말했던, '마력의 거인'들이라는 사실을 말이다.

이안을 위시한 라페르 일족 전사들은 조심스레 거신들의 거점으로 다가섰다.

그리고 이안의 바로 뒤를 바짝 따르던 라페르 전사들의 수장 테사르가 이안에게 몇 가지 정보들을 이야기하기 시작하였다.

"마력의 거인들은 살아 있는 생명체라고 보기 애매한 존재들이라네."

"로봇……이라도 되는 겁니까?"

"음, 그렇게 봐도 무방할지도. 녀석들은 고대 거신족들이 전쟁병기로 개발했던, 전투병기이니 말이야."

테사르의 이야기는 주로 '마력의 거인'에 대한 것들이었고, 그것은 무척이나 흥미로운 내용을 담고 있었다.

"마력의 거인이 움직이는 동력은, 장로님들께 들었겠지만 '마력의 심장'으로부터 나오는 차원 마력일세."

"그게 어떤 의미가 있습니까?"

"으음……. 심장을 파괴해야 마력의 거인이 작동을 멈출 것이라는 말이지."

"아하, 그렇군요."

"그리고 거인의 몸통은 전부 '마강석'이라는 차원의 광석으로 만들어져 있는데, 이게 또 골 때리는 광물이라네."

"음……?"

"광물 주제에 재생되는 성질을 가지고 있으니 말이야."

"재생……이라면, 설마 회복이라도 한다는 말입니까?"

"비슷해. 하지만 다행히도 무한하게 재생되는 건 아닐세. 차원 마력이 공급되지 않으면, 마강석도 평범한 바윗덩이나 철광석과 다를 게 없으니 말이야."

"그러니까, 거인이 갖고 있는 마력의 심장으로부터 차원 마력을 공급받을 때 재생이 된다는 말씀이로군요."

"그렇지. 바로 그거일세."

"확실히 상대하기 까다롭긴 하겠네요."

"맞아. 그래서 우리 라페르 장로님들은 최근에 마강석에 대한 연구를 시작하셨지."

"오호."

"마력의 심장에 대한 연구는 우리가 저 거신족들보다 훨씬 뛰어날 테니, 마강석에 대한 이해도만 뒷받침된다면 우리도 마력의 거인 못지않게 강력한 전쟁병기를 만들어 낼 수 있을 테니까."

테사르의 이야기를 전부 들은 이안은 멀찍이 보이는 마력의 거인을 자세히 관찰하기 시작하였다.

거리는 제법 있었지만 거신들의 덩치가 워낙 거대했기 때문에, 멀리서 봐도 제법 자세하게 생김새를 확인할 수 있었다.

'그 말은 결국 마력의 심장이 저 로봇 같은 녀석이 움직일 수 있도록 만들어 주는 원동력이자 치명적인 약점이라는 소린데…….'

이안의 시선이 자연히 거인의 흉부를 향해 움직였다.

심장이라면 당연히 가슴에 있을 것이라고 생각하였고, 어떤 식으로 공략해야 할지 미리 살펴보기 위해서였다.

하지만 당연히도, 거인의 심장이 어디에 있는지 외부에서 확인할 길은 없었다.

거대한 녀석의 신체는 전부 칠흑빛의 철갑으로 뒤덮여 있었으니 말이다.

'휘유. 확실히 압도적인 위용이기는 하네. 저런 녀석 하나 만들어서 데리고 다니면 엄청 든든하겠는걸.'

이안은 마력의 거인을 보며, 또 한 가지 기대를 할 수 있었다.

이 전장에서 마강석이라는 재료들을 충분히 구할 수만 있다면, 라페르 일족 장로들이 뭔가 괜찮은 아이템을 뚝딱뚝딱 만들어 줄 수도 있을 것이라는 기대 말이다.

잠시 동안 생각을 정리한 이안은 테사르를 향해 다시 입을 열었다.

"테사르, 일단 한 놈을 먼저 유인해 봐야겠습니다."

"흐음, 유인이라……. 가능할지 모르겠네. 녀석들의 경계가 제법 삼엄한 상황이라 말이지."

"한 놈만 빼서 잘라먹자는 이야기는 아닙니다. 어차피 전투가 시작되면 다른 녀석들도 몰려올 테지만, 적어도 처음부터 전부를 상대할 필요는 없지 않겠습니까?"

"일리 있는 말이군. 알겠네, 해 보도록 하지."

이안의 말에 고개를 끄덕인 테사르는, 일행의 상태를 한번 점검한 뒤 허공으로 천천히 날아올랐다.

그리고 거점의 가장 외곽을 순찰하고 있는 마력의 거인을 향해, 화살을 한 발 쏘아 보내었다.

피이이잉-!

처음부터 대미지를 주기 위한 공격은 아니었기 때문에 전력을 싣지 않은 화살은, 느슨한 포물선을 그리며 거인을 향해 날아들었다.

푸슉-!

이어서 테사르의 화살이 거인의 거대한 몸통에 틀어박힌 순간…….

위이잉- 철컥!

거인의 몸에서 돌연 기계음이 울려 퍼지더니, 녀석의 시선이 화살이 날아온 방향으로 돌아갔다.

그리고 어둡게 그늘져 있던 거인의 눈두덩이 안쪽에서 시뻘건 광채가 뿜어져 나오기 시작하였다.

다른 거신들보다 작은 편이라고는 하지만, 그럼에도 불구하고 마력의 거인은 거대하다.
 이안의 소환수들 중 가장 거대한 몸집을 자랑하는 토르와 비교하더라도, 좀 더 큰 수준의 비대한 몸집을 가지고 있었으니 말이다.
 때문에 이안은, 당연히 녀석이 둔할 것이라 생각하였다.
 피륙으로 만들어진 거신들도 느려 터진 것을 감안하면, 광석덩어리로 만들어진 마력의 거인은 그보다도 더 굼뜰 것이라 생각한 것이다.
 하지만 그것은, 그저 이안의 착각일 뿐이었다.
 쿵- 쿵- 쿵- 쿵-!
 느릿느릿 거점의 외곽을 순찰하던 거인은 테사르의 화살을 맞은 순간 돌변하였고…….
 기이이잉-!
 눈에 시뻘건 불빛이 들어옴과 동시에, 어마어마한 속도로 달려오기 시작했던 것이다.
 "미친, 뭐 저런 놈이……!"
 그것을 본 이안은 자신도 모르게 욕지거리를 내뱉었고, 서둘러 녀석에게 대응할 준비를 하였다.
 '젠장. 무생물이라기에 토르로 뚝배기 부술 생각을 하고

있었는데……. 저렇게 빠르면 너무 난이도가 높아지잖아?'

믿는 구석이 있었기에 안심하고 있었던 이안은, 생각지 못했던 상황에 아랫입술을 살짝 깨물었다.

저 괴물 같은 마력의 거인을 보고 있자니, 뼈다귀로 만들어진 토르가 연약해 보이기까지 하였다.

'일단 부딪쳐 보자! 그래도 아무것도 모르고 싸우는 건 아니잖아?'

빠르게 머리를 굴린 이안은, 거인이 도달하기 전까지 소환수들을 어떤 식으로 운용할지 머릿속으로 정리해 두었다.

아직 녀석은 테사르 외에 다른 일행을 발견하지 못하였을 것이고, 그렇다면 기습적으로 공격하여 정신 못 차리게 만들어 줄 필요가 있었다.

'어서 와라!'

테사르가 있는 곳까지 정말 단숨에 달려온 마력의 거인은, 강하게 바닥을 구르며 허공으로 도약하였다.

쿵쿵- 콰아앙-!

그 거대한 덩치를 무색케 할 만큼, 날렵하고 높게 도약하는 마력의 거인!

하지만 이미 거인의 믿을 수 없는 민첩성을 인지한 이안은, 더 이상 당황하지 않았다.

대신 침착하게 아이언을 타고 날아오르며, 녀석을 향해 마주 뛰어들었다.

'녀석과 싸우다 보면 본진의 거신들이 죄다 몰려오겠지. 그 전에 이놈을 처치할 수 있을지는 모르겠지만, 적어도 공략법은 알아내야 해.'

거인과 허공에서 눈이 마주친 이안은, 곧바로 약점 포착을 발동시켰다.

그런데 다음 순간…….

"……!"

이안은 또다시 기겁할 수밖에 없었다.

-알 수 없는 힘에 의해 보호받는 대상입니다.

-약점을 확인할 수 없습니다.

지금껏 카일란을 플레이하면서, 단 한 번도 본 적 없던 종류의 시스템 메시지가 눈앞에 떠올랐으니 말이었다.

"후후, 예상했던 대로 이안은 돌아오지 않는군. 으하핫, 역시 이렇게 될 줄 알았어."

암천궁 북동쪽에 있는 아담한 크기의 팔각정.

그곳은 오늘도 단골 손님(?)들로 인해 복작이고 있었다.

"크, 역시 루가릭스 님이십니다. 저는 당연히 이안이 돌아올 줄 알았습니다."

"흐음……. 저로서는 이해할 수가 없네요. 물론 언령 마법이 대단하기는 하지만, 그것이 그리 쉽게 얻을 수 있는 게 아니라는 건 이안도 충분히 느꼈을 텐데……. 저 같으면 루가릭스 님과 먼저 계약을 하고 언령 마법에 대한 욕심은 나중으로 미뤘을 텐데 말입니다."

마카론과 다카론의 감탄 아닌 감탄에, 루가릭스는 어깨를 으쓱하며 대답하였다.

"후후, 나만큼 녀석을 잘 아는 드래곤도 없지. 녀석이 인간치고 확실히 대단하기는 하지만, 결국 한계는 여기까지였어."

루가릭스의 입가에 음흉한 미소가 번졌다.

이제 다 저물어 가는 오늘이 지나고 정확히 하루만 더 지나가면, 암천궁에 갇혀 있던 루가릭스는 자유를 얻게 된다.

이안에게 잡혀 갈지도 모른다는 두려운 미래에 더 이상 불안해하지 않아도 된다는 말이다.

지금처럼 암천궁에 묶여 있지 않는 한 루가릭스가 마음 먹고 잠적한다면 이안이 찾아낼 방법은 거의 없다고 봐도 무방했으니까.

"으ㅎㅎ."

기분 좋게 웃는 루가릭스를 향해, 옆에 있던 마카론이 물었다.

"그런데 루가릭스 님."

"왜?"

"궁금한 게 하나 있는데, 여쭤도 됩니까?"

"뭔데?"

잠시 뜸을 들인 마카론은 조심스러운 목소리로 다시 입을 열었다.

너무 궁금해서 묻기는 하지만, 물어보려는 내용이 자칫 루가릭스의 심기를 불편하게 만들 수도 있는 질문이기 때문이었다.

"루가릭스 님은 그 이안이라는 인간을 왜 그렇게 싫어하십니까?"

"음? 싫어한다니? 난 이안을 싫어한 적이 없어."

"네? 그럼 왜 그와 계약하는 것을 거부하시는 건지요?"

마카론의 의문은 어쩌면 당연한 것이었다.

카일란의 세계에서 소환수와 소환술사 간의 계약은 서로에게 시너지를 줄 수 있는 구조를 가지고 있었으니 말이다.

소환술사야 당연히 소환수를 계약하여 부릴 수 있게 되는 것이 이득이었지만, 소환수의 입장에서 얻는 것이 무어냐고 반문할 수도 있다.

하지만 그것은 카일란의 시스템을 잘 모르는 사람들이 하는 이야기일 뿐, 실상은 전혀 그렇지 않았다.

소환술사와 계약을 한 소환수는 다른 개체들보다 훨씬 빠르게 성장할 수 있으며, 소환술사가 가진 소환마력으로 인해 더 강력한 힘을 낼 수 있게 되니 말이다.

일반적으로 더 강력한 힘을 갈망하는 드래곤 종족 특성상,

인간 소환술사와의 계약은 사실 나쁠 것이 없는 것이다.

물론, 계약 대상이 뛰어난 소환술사라는 전제가 깔려야 성립되는 이야기지만 말이다.

그리고 드래곤인 마카론과 다카론이 보기에, 이안이라는 소환술사는 그 전제조건을 충분히 충족하고 있었다.

"흐으음……."

마카론의 의문을 들은 루가릭스는, 묘한 표정이 되어 두 드래곤을 번갈아 응시하였다.

질문의 의도가 뭔지는 루가릭스 또한 정확히 알고 있었기 때문에, 딱히 기분이 나쁘거나 하지는 않았다.

잠시 뜸을 들인 루가릭스가 천천히 입을 열었다.

"이안과의 계약을 왜 자꾸 피하려는 거냐고?"

"그렇습니다."

루가릭스는 어깨를 으쓱 하며 말을 이었다.

여러 번 고민해 보아도 그 이유는, 너무도 명확히 정해져 있었으니 말이었다.

"이안 녀석은……."

"……?"

"게으름의 미학을 모르거든."

"예?"

"녀석과 계약하면, 내 워라밸이 파괴되고 말 거야."

두 드래곤들로서는 이해할 수 없는 루가릭스의 말에, 마카론이 더욱 혼란스러운 표정으로 다시 물었다.

"게으름의 미학은 그렇다 치고……. 워라밸이라는 건 대체 뭡니까?"

마카론의 물음에, 루가릭스가 뿌듯한 표정이 되어 어깨를 으쓱 하며 대답해 주었다.

"흐흐, 무식한 것들. 한 번만 설명할 테니까 잘 들어라. 사실 나도 레미르라는 인간 마법사한테 배운 단어인데……."

꿀꺽-!

뭔가 대단한 지식을 공유하기라도 하는 듯 뜸을 들이는 루가릭스를 보며, 기대에 찬 표정으로 이어질 말을 기다리는 두 드래곤들.

그리고 루가릭스의 말이 다시 이어졌다.

"하루에 2시간 일하면 10시간 놀아야 하는 것."

"……!"

"그게 바로 워라밸이라는 거다, 친구들."

루가릭스의 설명을 들은 마카론과 다카론은, 저도 모르게 고개를 끄덕이고 말았다.

처음 이안이 거신들의 주력 거점을 공격할 당시만 하더라도, 루가릭스와 약속했던(?) 시간은 제법 많이 남아 있었다.

하지만 이제 정확히 하루밖에 남지 않은 시점.

이안은 아직도 거신들의 전진 거점을 전전하며 쉬지 않고 전투를 감행하고 있었다.

"후욱, 조금만 더……!"

마치 뭐에 홀리기라도 한 사람처럼, 신들린 듯 창을 휘두르며 전장을 누비는 이안!

하지만 그런 이안의 모습은 뭔가 용맹해 보인다기보단 좀 무서운(?)느낌이었다.

두 눈은 이미 퀭해진 지 오래인 데다, 어느새 입에서 단내까지 나고 있는 상황에서도 계속해서 창을 휘두르고 있었으니 말이다.

"조금만 더 하면 될 것 같은데……."

까강- 쾅-!

뭘 조금만 더 하면 된다는 것인지, 마력의 거인을 향해 창을 휘두르는 와중에도 낮은 목소리로 연신 중얼거리는 이안.

그런데 의아한 것은 이뿐만이 아니었다.

다시 전장을 살펴보면, 이안과 전장에서 함께했던 라페르 일족의 전사들이 단 한 명도 보이지 않았으니 말이다.

전장에 남아서 싸우는 것은, 이안과 그의 가신 그리고 소환수들뿐.

대체 이 상황은 어떻게 된 것일까?

마력의 거인들이 너무 강력하여 라페르 일족이 전부 전멸하기라도 한 것일까?

아니면 퀘스트의 난이도가 너무 어려워서, 이안이 아직껏 필사적으로 싸우는 중인 것일까?

결론부터 말하자면, 그것은 전혀 아니었다.

이안은 이미 오래 전에 퀘스트 완수 조건을 충족하였고, 라페르 일족 전사들은 그때 자신들의 본 거점으로 돌아간 것이었으니 말이다.

그렇다면 대체 이안은 왜, 아직도 전장에 홀로 남아 있는 것일까?

"폐하, 이제 복귀하심이 어떠한지요. 거신들은 충분히 처치한 것 같습니다만······!"

"후, 주군 놈아, 인간적으로 이제 좀 쉬자."

이렇게 가신들까지도 앓는 소리를 하는 상황에서 말이다.

"딱 한 개만 더. 한 개만 더 캐고 가자."

"크윽······!"

"분명히 아까도 같은 말을 들었던 것 같은데······."

피로를 호소하는 가신들을 뒤로한 채, 다시 또 전장으로 향하는 이안.

이안이 이렇게 전장에서 나오지 못하고 집착하는 이유는, 크게 두 가지 정도라고 할 수 있었다.

그 첫 번째는 지금까지도 계속해서 누적되고 있는 차원 마력 저항력 능력치 때문이었다.

-차원 마력의 압박 속에서 한계 이상의 움직임을 달성했습니다.

-달성률 : 1,152퍼센트

-한계 이상의 움직임으로 마력의 힘을 극복합니다!

-차원 마력 저항력 능력치가 2만큼 상승하였습니다!

'역시 차원 마력이 100을 뚫고 올라가면 다이내믹한 효과를 발휘할 수 있는 거였단 말이지.'

현재 이안의 차원 마력 저항력은 무려 145였다.

맥시멈 수치라는 150에 거의 다 도달한 것이다.

그렇다면 저항력이 45나 오버된 지금, 차원 마력 디버프에는 어떠한 변화가 생겼을까?

-현재 차원 마력 저항력 : 145

-차원 균열의 힘을 더욱 많이 받아들입니다.

-증폭된 차원 마력의 힘으로 인해 '마력 충전' 효과가 강화됩니다.

-마력 충전

-모든 움직임 가속 : +22.5퍼센트

-모든 종류의 마력 회복 속도 : +45퍼센트

-일반 공격 시 22.5퍼센트의 확률로 공격력의 90퍼센트만큼의 차원 마력 피해를 추가로 입힙니다.

-차원 마력 공격은 대상의 방어력을 무시합니다.

-치명적인 공격을 가하더라도 차원 마력 피해는 증폭되지 않습니다.

-역류하는 차원 마력의 흐름에, 조금 더 적응하였습니다.

-움직임이 가벼워집니다.

'크으, 역시 노가다 뒤엔 달콤한 보상이 따라오는 법이지.'

이안은 이제 차원 마력 저항력을 어떻게 하면 가장 효율적으로 올릴 수 있는지 확실하게 깨달았다.

조금 복잡했던 차원 마력 저항력의 매커니즘을 완벽하게 이해한 것이다.

'쉬지 않고 움직여 피로도가 누적될수록 저 달성률이라는 수치가 계속해서 증가하고, 달성률이 높을수록 전투 시간 대비 저항력 획득량이 높아지는 거였어.'

한계 이상의 움직임을 달성했다는 '달성률'이라는 수치는 피로도가 회복되기 시작하면 급격히 감소한다.

때문에 이안은 쉴 수 없었다.

한번 피로도를 극한까지 쌓았을 때 계속해서 달성률을 끌어올려야, 가장 효율적으로 차원 마력 저항력을 올릴 수 있으니 말이다.

그런데 재밌는 것은, 이렇게 피로도가 쌓여 힘든 상황에서 이안이 계속해서 사냥할 수 있었던 이유가 아이러니하게도 이 달성률 덕분이었다는 점이다.

수치가 100을 넘어서면서 훨씬 더 올리기 힘들어진 차원 마력 저항력을 1,000퍼센트가 넘는 달성률 덕에 계속해서 누적시킬 수 있었고, 그 덕분에 얻은 차원 마력 버프가 전장의 난이도를 조금씩 낮춰 주었으니 말이다.

하여 피로도 때문에 몸이 무거워졌음에도 불구하고, 오히려 마력의 거인을 상대하는 것은 처음보다 훨씬 더 쉬워졌다.

"죽어라, 요놈아! 심장 주고 가는 거 잊지 말고!"

이안의 창이 거인의 흉부를 강타하는 순간, 보랏빛 기운이 일렁이며 타점을 중심으로 강하게 폭발했다.

퍼퍽-! 펑-!

-'마력의 거인'에게 치명적인 피해를 입혔습니다!

-'마력의 거인'의 생명력이 12,760만큼 감소합니다.

-차원 마력의 힘을 이용하여 추가적인 피해를 입혔습니다.

-'마력의 거인'의 생명력이 36,982만큼 감소합니다.

그리고 이안은 강력한 방어력을 가진 마력의 거인에게 단숨에 5만에 가까운 대미지를 꽂아 넣었다.

차원 마력 버프로 인한 추가 피해 덕분에 가능했던, 어마어마한 위력의 공격이라 할 수 있었다.

'치명타 적용이 안 되도 치명타 터진 일반 공격보다 대미지가 세 배 이상 들어가 버리….'

온몸이 마강석으로 둘러싸여 어마어마한 방어력을 자랑하는 마력의 거인이었기에, 방어력을 무시하는 차원 마력 공격이 더욱 돋보이게 된 것.

어쨌든 이러한 이유가 이안이 퀘스트 조건을 달성했음에도 불구하고 전장을 떠나지 않고 있는 첫 번째 이유였다.

그렇다면 이안이 남아 있는 두 번째 이유는 뭘까?

띠링-!

-마력의 거인을 성공적으로 처치하였습니다!

-경험치를 13,590만큼 획득합니다.

-지저금화를 740만큼 획득합니다.

……중략……

-'마강석' 아이템을 획득하였습니다!

-'마강석' 아이템을 획득하였습니다!

-'마력의 심장' 아이템을 획득하였습니다!

마력의 거인을 처치할 때마다 얻을 수 있는 '마강석' 재료 아이템과 낮은 확률로 획득할 수 있는 '마력의 심장' 아이템.

이 두 가지 아이템이 사실, 이안이 이곳에 남게 만든, 가장 핵심적인 이유라고 할 수 있었다.

특히 '마력의 심장'은 퀘스트 아이템이자 특수 아티펙트인 탐식의 목걸이가 있어야만 파밍이 가능했기 때문에, 촉박한 시간에도 불구하고 무리해서 노가다를 할 수밖에 없었던 것이다.

"으으아, 드디어 나왔다!"

온몸을 짓누르는 피로감을 잊어버린 것인지, 보랏빛으로 발광發光하는 마력의 심장을 움켜쥔 채 포효하는 이안.

마력의 심장은 이안의 드래곤들이 각성하기 위해서도 꼭 필요한 아이템이었지만, 그 외에도 무궁무진한 용도를 가지고 있었다.

마력의 심장

등급 : 신화(초월) 분류 : 잡화, 재료

용족과 거신족은 오랜 세월 균열을 가득 채우고 있는 '차원 마력'의 힘에 대해 연구하였습니다.

그리고 그 결과, 차원 마력을 한계 이상의 밀도로 농축시켜 강력한 에너지원으로 만들어내는 데 성공하였습니다.

하지만 용족과 거신족은 각각 이 마력의 심장을 다른 곳에 사용하였습니다.

용족들은 이 마력의 심장을 아티팩트를 만들거나 마법을 연구하는 데 이용하였으며, 거신족들은 전쟁 병기를 만드는 데 사용하였으니 말입니다.

이 마력의 심장은, 중간계에 존재하는 그 어떤 마력석보다 강력한 에너지를 품고 있습니다.

이것을 잘 사용한다면, 엄청난 일들을 해낼 수 있을 것입니다.

*장비 제작에 사용할 수 있는 재료입니다. 마력의 심장을 사용하여 장비 제작에 성공한다면, 강력한 고유 능력을 획득할 수 있습니다.

*마수 연성에 사용할 수 있는 재료입니다. 마력의 심장을 사용하여 마수를 만들어 낸다면, 차원 마력의 힘을 가진 더욱 강력한 마수를 탄생시킬 수 있을 것입니다.

*모든 제작에 마력의 심장을 사용할 시, 제작 성공 확률이 절반으로 감소합니다. 손재주가 부족하여 제작에 실패할 시, 아이템은 소멸됩니다.

*유저 '이안' 에게 귀속된 아이템입니다.

다른 유저에게 양도하거나 팔 수 없으며 캐릭터가 죽더라도 드롭되지 않습니다.

"자, 보자 이제 몇 개냐……. 열두 개 정도 되나?"

인벤토리를 확인한 이안의 입가에선 숨길 수 없는 미소가 새어 나왔고, 그 모습을 옆에서 보던 뿍뿍이가 퀭한 눈으로 이안에게 물었다.

"이제 된 거냐뿍? 이제 쉴 수 있는 거냐뿍?"

아련한 표정이 되어, 커다란 눈망울로 이안을 응시하는 뿍뿍이.

하지만 이안은 뿍뿍이의 기대를 저버릴 수밖에 없었다.

아직 차원 마력 저항력 수치가 맥스에 도달하지 못했으니 말이다.

'갈 때 가더라도, 저항력 150 맥스는 찍고 돌아가야지.'

가신들과 소환수들의 간절한 바람을 알기는 하는 것인지, 묵묵히 다음 마력의 거인을 찾기 위해 움직이는 이안.

그리고 그렇게 스무 마리 정도의 거인을 추가로 더 처치했을 무렵…….

띠링-!

이안의 시야를 가득 메울 정도로 많은 메시지가 주르륵 하고 떠오르며, 무한 노가다의 끝을 알렸다.

-마력의 거인을 성공적으로 처치하였습니다!

-'마강석' 아이템을 획득하였습니다!

-'마력의 심장' 아이템을 획득하였습니다!

……중략……

-한계 이상의 움직임으로 마력의 힘을 극복합니다!

-차원 마력 저항력 능력치가 1만큼 상승하였습니다!

-현재 차원 마력 저항력 : 150

-'차원 마력 저항력' 능력치가 최대치에 도달했습니다.

-더 이상 차원 마력 저항력을 쌓을 수 없습니다.

-증폭된 차원 마력의 힘으로 인해, '마력 충전' 효과가 강화됩니다.

-마력 충전

-모든 움직임 가속 : +25퍼센트(+10퍼센트)

-모든 종류의 마력 회복 속도 : +50퍼센트(+20퍼센트)

-일반 공격 시, 25퍼센트(+25퍼센트)의 확률로 공격력의 100퍼센트만큼의 차원 마력 피해를 추가로 입힙니다.

-차원 마력 공격은 대상의 방어력을 무시합니다.

-치명적인 공격을 가하더라도 차원 마력 피해는 증폭되지 않습니다.

-역류하는 차원 마력의 흐름에 조금 더 적응하였습니다.

이어서 거칠게 숨을 몰아쉬면서도 떠오른 메시지 하나하나를 꼼꼼하게 확인한 이안은, 흡족하기 그지없는 표정으로 두 주먹을 불끈 쥐었다.

"크으, 미쳤다!"

차원 마력 저항력이 맥시멈 수치에 도달하면서 마력 충전 버프 옵션이 추가로 뻥튀기되었기 때문.

'마력의 심장도 한 개 더 나와서 열세 개나 됐고, 마강석은 몇백 개 모았으니, 이 정도면 만족해야겠지.'

털썩.

목적을 달성하고 그제야 긴장이 풀린 것인지, 자리에 주저앉은 이안은 인벤토리를 정리하였다.

그리고 잠시 후, 다시 아이언의 등에 올라 균열의 하늘을 날기 시작하였다.

'이제 마무리를 하러 가 볼까?'

목적은 달성했고 사냥은 끝났지만, 아직 해야 할 중요한 일이 남아 있었다.

이안을 태운 아이언은, 라페르 일족의 거점을 향해 빠른 속도로 비행하기 시작하였다.

"그러니까 아레미스, 조만간 이안이 지저 세계로 들어올 거란 말이지?"

"그렇다니까, 에릭슨. 녀석은 틀림없이 '붉은 바위산'으로 들어올 거야. 그때 우리가 녀석을 덮친다면, 제법 쏠쏠한 재미를 볼 수 있을 걸?"

"재미……. 어떤 재미를 말하는 거지?"

"장비 아이템이야 대부분 계정 귀속이라 드롭되지 않을 테지만, 적어도 들고 있는 재화는 싹 다 꿀꺽할 수 있잖아."

"하긴, 그놈 경매로 번 차원 코인만 수십만이 넘을 텐데, 그중 일부만 드롭되어도 완전 이득이긴 하지."

지저 세계의 깊숙한 곳에 있는 카르카스 마을.

마족 유저들이 처음 지저 세계에 발을 들일 때 입장하게 되는 이 마을에는, 이제 제법 많은 마족 랭커들이 모습을 보이고 있었다.

물론 아레미스처럼 균열까지 입성한 유저는 흔치 않았지만, 적어도 지저 세계와 균열, 그리고 중천이 어떤 구조로 이어져 있는지는 다들 알고 있는 것이다.

그리고 아레미스는 지금, 이 카르카스 마을에서 마족 랭커들 몇몇을 꼬드기는 중이었다.

사실상 세계 랭킹 1위에 가장 가까운 유저인 이안을 처치해 볼 수 있는 좋은 기회라면서 말이다.

특히 이안에게 빚(?)이 있는 마족 유저들의 경우, 아레미스 만큼이나 적극적으로 동참하기 시작했다.

"아레미스, 이번엔 녀석을 절대로 놓쳐서는 안 돼. 워낙 신출귀몰한 녀석이라, 치밀하게 계획을 짜야 처치할 수 있을 거야."

"맞아, 크리스. 그래서 내가 생각해 둔 계획이 몇 가지 있어."

마계의 광전사 클래스 랭커인 크리스는, 아레미스와 마찬가지로 신의 말판 전장에서 이안에게 능욕(?)당한 전적이 있는 유저였다.

그리고 마령 기사 클래스인 왕차이 또한 마찬가지로 이안에게 속수무책으로 패배했던 인물이었다.

"좋아, 이번에야말로……!"

왕차이의 길쭉한 입꼬리가 음흉하게 말려 올라갔다.

그리고 카르카스 마을 공터의 구석으로 자리를 옮긴 그들은, 점점 더 계획을 구체화하기 시작하였다.

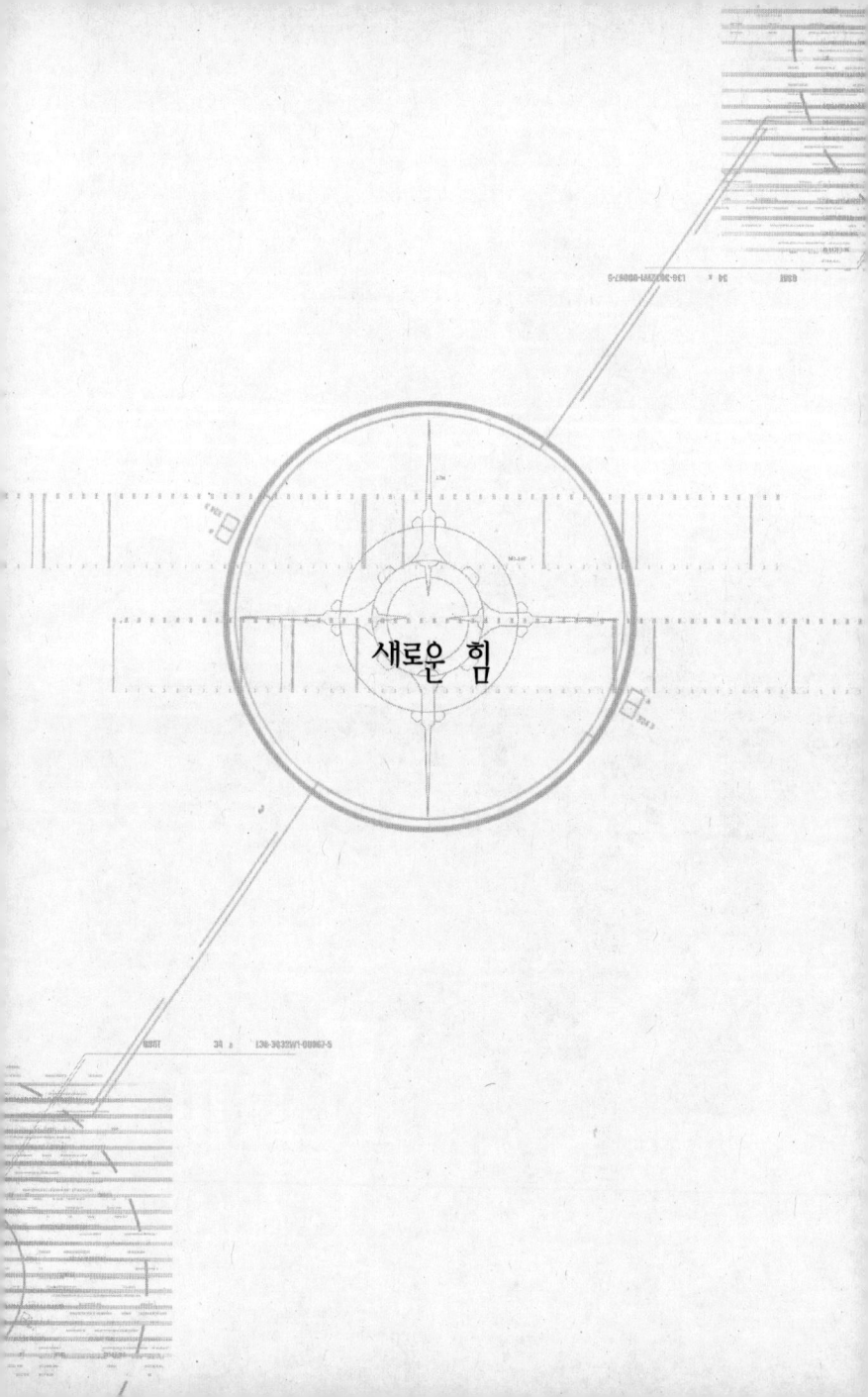

새로운 힘

일단 모든 목적을 달성한 이상 이안은 앞뒤 잴 것 없이 그대로 직진하여 라페르 일족의 거점으로 돌아왔다.

남은 것은 언령 마법의 퀘스트를 마무리하고 보상을 받은 뒤, 루가릭스를 잡으러(?) 가는 일뿐이었으니 말이다.

그리고 돌아온 이안을, 라페르 일족에서는 무척이나 환대해 주었다.

"크으, 우리의 영웅 오셨는가!"

"일족의 전사들이 먼저 복귀했는데도 불구하고 이렇게 오래 남아 거신족들과 싸워 주다니!"

"그대야말로 진정 용맹한 용사일세!"

라페르 장로들은 입에 침이 마르도록 이안을 칭찬하였다.

그도 그럴 것이, 이안이 달성한 퀘스트의 초과 보상이 어마어마한 수준이었으니 말이다.

 달성한 초과 보상에 비례하여 어마어마한 공적치가 쌓였으니, 라페르 일족의 입장에서 이안은 이제 귀빈이 되어 버린 것.

 "그대가 처치한 마력의 거인만 수십 마리가 넘는다고 들었다네."

 "마력의 심장은 당연히 회수해 왔겠지?"

 장로들의 물음에, 이안은 자신감 넘치는 표정으로 고개를 끄덕이며 대답하였다.

 "물론입니다. 여기, 보시죠."

 이안은 인벤토리를 뒤적여, 고이 모아 두었던 마력의 심장을 꺼내었다.

 하지만 당연히도, 획득한 열세 개의 심장을 전부 꺼낸 것은 아니었다.

 클리어 조건이었던 다섯 개 이상을 라페르 일족에게 준다면 그만큼 추가 보상을 받을 수 있겠지만, 추가 보상보다는 마력의 심장을 갖는 것이 훨씬 더 남는 장사였으니 말이다.

 물론 장로들은 아쉬워했지만, 당연히 기분 나빠 하지는 않았다.

 "흐음, 훨씬 많은 마력의 심장을 가져왔을 줄 알았는데, 생각보다는 적군그래."

"그래도 이 정도면 훌륭한 성과야. 이안, 그대는 자랑스런 우리의 형제일세."

그리고 장로들의 말이 끝남과 거의 동시에 이안의 눈앞에 퀘스트 완료를 알리는 시스템 메시지가 떠올랐다.

언제 들어도 기분이 좋아지는 청량한 알림음과 함께 말이다.

띠링-!

-'언령 마법의 비밀 Ⅶ (히든)(연계)(최종)' 퀘스트를 성공적으로 완수하였습니다!

-퀘스트 보상을 획득합니다.

-용족 '라페르' 종족 공헌도를 +1,000만큼 획득하였습니다.

-연계 퀘스트의 최종 임무를 클리어하였습니다.

-최종 보상을 획득합니다.

-'마력의 심장' 아이템을 획득하였습니다.

-용족 '라페르' 종족의 공헌도를 +500만큼 획득하였습니다.

-명성(초월)을 +500만큼 획득하였습니다.

-클리어 조건을 초과 달성하였습니다!

-거신족 보급 창고 파괴(19/3)

-'마력의 심장' 아이템 회수(5/5)

-추가 달성분에 따른 보상이 주어집니다.

-용족 '라페르' 종족의 공헌도를 +3,200만큼 획득하였습니다.

-용천주화를 24,000냥만큼 획득하였습니다.

……후략……

일곱 번이나 연계된 연계 퀘스트의 최종 클리어 메시지인 만큼, 시스템 메시지는 무척이나 길게 이어졌다.

그리고 공들여 클리어한 퀘스트인 만큼 보상 또한 무척이나 짭짤하였다.

'와, 용천주화 24,000냥에 공헌도 3,200이라고? 공헌도야 아직 어떻게 쓸지 모르겠지만, 용천주화만 해도 엄청나네.'

하지만 이안은 아직 만족할 수 없었다.

사실 이렇게 퀘스트 창에 띄워져 있던 보상보다도, 이안에게는 몇 배 이상 중요한 것이 남아있었으니 말이다.

'자, 이제 언령 마법에 대한 얘기를 좀 해 보자고, 친구들.'

이안을 이 라페르 일족의 거점으로 이끌었던 가장 강력한 떡밥인 언령 마법.

그 떡밥을 쏙 빼먹기 위해 이안은 다시 말을 잇기 시작하였다.

"장로님, 그럼 이제 제게 언령 마법에 대한 비밀을 알려 주시는 겁니까?"

조심스럽고 은근한 목소리로, 장로들을 향해 운을 떼기 시작하는 이안.

그리고 이안의 물음에, 장로 중 하나가 기다렸다는 듯 고개를 끄덕이며 대답하였다.

"물론일세, 이안. 자랑스러운 우리 라페르 일족의 형제인 그대라면 언령 마법의 비밀을 알 자격이 충분하지."

"……!"

"따라오시게나. 그렇지 않아도 그대를 위해 준비해 놓은 것이 있다네."

장로의 말에, 이안은 순간적으로 심박수가 격렬하게 올라가는 것을 느꼈다.

'드, 드디어……!'

아직 그 어떤 마법사 랭커들도 손에 넣지 못한 최상위 클래스의 마법이자, 이안의 드래곤들을 한 단계 강력하게 만들어 줄 콘텐츠인 언령 마법.

그것을 잠시 후면 두 눈으로 확인할 수 있게 될 것이었으니, 이안으로서는 흥분되지 않을 수 없는 것이다.

장로들은 이안을 데리고 거점의 깊숙한 곳으로 들어가기 시작하였고, 이안은 설레는 마음을 안은 채 종종걸음으로 그들의 뒤를 따랐다.

그리고 잠시 후.

"오……!"

뭔가를 발견한 이안의 입에서 짧은 탄성이 새어 나왔다.

작고 아기자기한 건물들로 구성되어 있는 라페르 일족의

거점.

 하지만 거점의 깊숙한 곳으로 들어갈수록 공간은 점점 더 넓어졌고, 종래에는 어지간한 광장과 비교해도 손색이 없을 만큼 널따란 공터가 펼쳐졌다.

 그리고 그 공터의 가운데 거신들만큼이나 거대한 몸집을 가진 한 마리의 드래곤이 날개를 쫙 펼치고 있었다.

 좀더 정확히 말하자면, 드래곤의 형상을 한 웅장한 구조물.

 영롱한 빛을 내뿜는 크리스털로 만들어진 커다란 드래곤의 위용은, 그야말로 압도적인 것이라 할 수 있었다.

 "이게…… 뭔가요?"

 저도 모르게 튀어나온 이안의 질문에 장로 중 하나가 너털웃음을 지으며 대답하였다.

 "보다시피 신룡의 모형일세."

 "평범한 모형은 아닌 것 같은데요?"

 "허허, 그렇다네. 이 녀석은 우리 라페르 일족이 수천 년간 공들여 연구한, 그 지식의 결정체이니 말일세."

 이안은 흥미로운 표정이 되어 두 눈을 반짝였고, 장로들은 천천히 그 크리스탈 드래곤의 앞으로 다가갔다.

 그런데 그때, 그저 가만히 있을 줄만 알았던 크리스털 드래곤의 모형에 강렬한 변화가 생겼다.

 우우웅—!

 웅장한 공명음이 울려 퍼짐과 동시에, 붉은 보석으로 조각

된 두 눈이 빛을 내뿜기 시작한 것이다.

그리고 거기서 끝이 아니었다.

고오오오-!

크리스탈 드래곤의 주변으로 모여들기 시작한 알 수 없는 기운들이 주변으로 회오리치기 시작하더니, 드래곤의 양손을 타고 모여들어 커다란 구체를 만들기 시작한 것이다.

라페르 장로들은 별다른 표정변화 없이 그 광경을 지켜보았지만, 이안은 그 구체에서 눈을 떼지 못하였다.

유리알같이 투명하게 형성된 구체의 안에 온갖 색상의 기운들이 넘실거리는 모습은 그 자체만으로도 신비롭고 황홀했으니 말이다.

그리고 잠시 후, 계속해서 공명하던 구체의 진동이 잦아들자 장로 중 하나가 이안의 앞으로 다가왔다.

"자, 이안, 이쪽으로 오시게나."

"예?"

"저 구체 안으로 다가가, 천천히 손을 집어넣어 보시게."

"손을요? 저 안에요?"

장로는 고개를 끄덕이며 말을 이었다.

"겉으로는 유리알 같아 보이지만, 사실 저 구슬에는 물리적인 형태가 존재하지 않는다네."

침을 꿀꺽 집어삼킨 이안은 장로의 말대로 구슬의 앞에 다가갔다.

그리고 천천히, 그 안에 손을 집어넣었다.

스윽.

'어, 진짜 들어가잖아?'

마치 구름을 잡기라도 하듯 아무런 촉감도 느껴지지 않는 마력의 구슬.

그런데 다음 순간…….

띠링-!

이안의 눈앞에, 새로운 시스템 메시지가 떠오르기 시작하였다.

-라페르 일족의 마법 성소魔法聖所와 교감하셨습니다.

-마법 성소에서 보유하고 있는 마법서와 아티팩트를 구매할 수 있습니다.

-마법서와 아티팩트를 매입하는 데에는, 라페르 일족의 공헌도가 필요합니다.

'뭐……? 이거 마법 상점이라도 되는 거야?'

시스템 메시지를 확인한 이안이 반문하듯 속으로 중얼거린 순간, 그것을 듣기라도 했다는 듯 이안의 눈앞에 신비로운 광경이 펼쳐지기 시작하였다.

마치 홀로그램처럼, 구매 가능한 아이템 목록이 허공에 쫙 나타난 것이다.

"오오!"

그리고 이안의 입에서는 탄성이 새어 나올 수밖에 없었다.

가장 처음, 바로 눈앞에 보이는 마법서부터가 이안이 그토록 고대했던 언령 마법의 마법서였기 때문이다.

파이어 블레스트

등급 : 유일(초월)　　　　　　　분류 : 언령 마법서
가격 : 라페르 일족 공헌도 1,950
마력 등급 : 5서클

화염의 기운을 소환하여 폭발시켜, 주변의 적들에게 강렬한 화염 피해를 입힙니다.

폭발 지점에서 가까울수록 더욱 강력한 피해를 입히게 되며, 거리에 따라 마법 공격력의 350퍼센트~1,760퍼센트만큼의 피해를 입힐 수 있습니다.

폭발 지점으로부터 1미터 이내에서 피해를 입은 대상은, 5분 동안 '화상' 상태에 빠지게 됩니다.

폭발 지점으로부터 3미터 이상 떨어진 대상은 피해를 입지 않습니다.

(재사용 대기 시간 : 30초)

*언령 마법의 힘을 담고 있는 마법서입니다.
기존에 '파이어 블레스트' 일반 마법을 가지고 있다면, 해당 마법을 습득할 시 자동으로 대체됩니다.

*5서클 이상의 마력 등급을 가지고 있어야 습득할 수 있는 마법서입니다.

*언령의 힘에 대한 깨달음이 있어야 습득할 수 있는 마법서입니다.

*모든 언령 마법에는 캐스팅 시간이 존재하지 않습니다.

'와, 파이어 블레스트 계수…… 이거 실화냐?'

마법서의 내용을 빠르게 읽어 내려간 이안은 믿을 수 없다는 표정으로 두 눈을 꿈뻑였다.

눈앞에 있는 파이어 블레스트 마법에 대한 설명은, 그가 지금껏 알고 있던 것과 너무 달랐기 때문이었다.

발동 방식이나 부가 효과는 비슷하였지만, 설정되어 있는 범위나 계수가 기존의 마법보다 한 배 반에서 두 배 정도는 뻥튀기 되어 있었던 것.

거기에 언령 마법의 특성인 '무캐스팅' 옵션이 붙어 있자, 이것은 더 이상 5서클의 마법 따위로 설명할 수 있는 마법이 아니게 되어 버렸다.

'이것만 사다가 경매장에 팔아 넘겨도 억 단위로 벌 수 있을 것 같은데…….'

하지만 그 옵션과 성능에 놀람도 잠시.

이안은 한 가지 의문이 생겼다.

마법서 정보 창의 마지막 부분에 추가되어 있는, 습득 조건들이 눈에 들어온 것이다.

'그나저나 언령의 힘에 대한 깨달음이 있어야 습득할 수 있다는 건 대체 무슨 말이지?'

이안은 처음부터, 언령 마법을 자신이 직접 사용할 수 있을 것이라는 기대는 하지 않았다.

그의 소환수인 드래곤들만 언령 마법을 사용할 줄 알게 되어도 충분하다 못해 넘치니 말이다.

하지만 저 언령의 힘에 대한 깨달음이라는 조건은 드래곤이라고 하여 예외가 없을 것이었으니, 이안으로서는 의문이 생길 수밖에 없는 것이다.

그리고 그 의문은, 이안을 지켜보던 장로들의 참견(?)으로 해결될 수 있었다.

"마법서들이 탐이 나겠지만, 먼저 '각성의 수정'을 고르는 게 좋을 것이네, 이안."

"네?"

"인간은 물론 드래곤이라 하더라도, 언령의 힘을 각성하고 깨닫지 못한다면 언령 마법을 사용할 수 없으니 말일세."

장로의 말을 들은 이안은 서둘러 주변의 다른 아이템들을 둘러보았다.

그리고 잠시 후, 그가 말한 각성의 수정이라는 아이템이 뭔지 찾아낼 수 있었다.

"오, 이게 각성의 수정!"

각성의 수정

등급 : 신화(초월)　　　　　　**분류** : 잡화
가격 : 라페르 일족 공헌도 500

체내에 흐르는 마력을 각성시켜, 언령의 힘을 깨달을 수 있게 도와주는 아티팩트입니다.

수정을 작동시킬 정도로 강력한 마력원과 함께 사용한다면, 뛰어난 마법사들은 어렵지 않게 언령의 힘을 이해할 수 있을 것입니다.

*'마력의 심장' 아이템이 있어야 사용할 수 있는 아이템입니다.
*8서클 이상의 마력 등급을 가지고 있는 대상에게만 사용할 수 있는 아이템입니다.
*사용하는 즉시 소멸되는 아이템입니다.

새로운 힘

그리고 이 각성의 수정 정보 창을 확인한 이안은 이0제 이 언령 마법 시스템이 어떤 매커니즘으로 굴러가는지 거의 이해할 수 있었다.

'크, 이거 였어! 이거면 내 드래곤들을 전부 각성시킬 수 있을 거야.'

이안은 수정의 가격을 확인한 뒤 헤벌쭉 웃음 지었다.

지금까지 적잖은 공헌도를 쌓은 데다 몇천 단위의 추가 보상 공헌도까지 얻은 덕에, 지금 이안이 보유한 공헌도는 무려 8천에 육박하는 상황이었다.

이 수정을 다섯 개 이상 구입하고도, 충분히 공헌도가 남는 것이다.

-'각성의 수정×5' 아이템을 구입하셨습니다.

-라페르 일족의 공헌도를 2,500만큼 소모합니다.

이안이 저 많은 수정들을 어디에 쓰려는지 모르는 장로들은 당황한 표정이 되었지만, 그런 것을 신경 쓸 필요는 없었다.

지금 이안에게 가장 중요한 것은 '남은 공헌도로 어떤 마법을 쇼핑하느냐'였으니 말이다.

언령 마법의 종류는 그야말로 무궁무진하였다.

그도 그럴 것이, 존재하는 거의 모든 마법엔 언령 마법으로 재구성된 버전이 있었다.

하지만 이곳 라페르 일족의 마법 성소에서, 그 모든 언령 마법을 구매할 수 있는 것은 당연히 아니었다.

카일란의 세계에는 각 서클마다 백 단위가 넘을 정도로 많은 종류의 마법이 존재하는데, 지금 이 성소에 등재되어 있는 마법의 숫자는 모든 클래스를 통틀어 백 개가 조금 넘는 수준이었으니 말이다.

장로들의 말에 의하면 지금 이 순간도 그들은 계속해서 새로운 언령 마법을 개발해 내는 중이며, 앞으로도 이 성소에 지속적으로 새로운 언령 마법이 추가될 것이라 하였다.

그런데 행복한 표정으로 아이쇼핑을 하던 이안의 표정이 갑자기 살짝 굳어졌다.

"장로님, 저기 접근 불가라고 떠 있는 마법서는 왜 그런 건가요?"

마법서의 목록을 내리며 하나하나 읽어 내려가던 도중, 붉은 빛의 장막으로 주변이 차단되어 접근할 수 없게 되어 있는 마법서들을 발견한 것이다.

심지어 차단된 마법서들의 외형은, 화려하게 장식되어 있는 것이 상위 티어의 마법들처럼 보였다.

"허허, 아쉽지만 그렇게 표시된 마법서들은 자네에게는 아직 접근 권한이 없다네."

"접근…… 권한요?"

장로는 고개를 끄덕이며 말을 이었다.

"그렇다네. 자네와 우리 라페르 일족 간의 관계가 더욱 돈독해진다면, 아마 접근 권한이 풀릴 걸세."

그리고 옆에 있던 다른 장로들이, 미안한 표정으로 한 마디 거들었다.

"이것은 우리 장로들의 권한으로 결정하거나 할 수 있는 일이 아니니 너무 섭섭히 생각지 말게나."

"그래, 이건 저 크리스탈 드래곤이 처음 만들어질 때부터 우리도 모르는 어떤 기준에 의해 정해진 룰 같은 것이니 말이야."

"아마 족장님이라면 그 기준에 대해 알고 계실지도……."

장로들의 말을 들은 이안은 입맛을 다셨지만, 아쉬운 대로 만족하기로 하였다.

어차피 균열에서의 전투가 계속되는 이상 라페르 일족과의 공헌도를 쌓을 일은 지속적으로 생길 것이었고, 차근차근 다음 스텝을 밟아 나가면 언젠가는 접근권한 차단을 전부 해제할 수 있을 것이라 생각했으니 말이다.

'그래, 뭐 처음부터 다 오픈되면 재미없잖아?'

긍정적으로 생각한 이안은, 자신이 접근 가능한 마법서들을 다시 살펴보았다.

총 백여 개가 넘는 마법서들 중, 이안에게 오픈된 마법서는 총 30종 정도.

그중 '마력 등급'이 가장 높은 것은 5~6서클의 마법서들이었다.

'제일 비싼 마법서는 공헌도 한 4천 정도 필요한 녀석들이고……. 상위 마법들이 제한된 바람에, 좀 더 다양한 마법을 구매할 수 있게 되었네.'

당연한 얘기겠지만 마법서의 마력 등급이 올라갈수록, 필요한 공헌도는 기하급수적으로 많아진다.

접근 불가 마법서들 중에는 필요 공헌도가 만 단위가 넘어가는 것들도 여럿 보였으니 말이다.

때문에 이안은 좋게 좋게 생각하기로 하였다.

어차피 공개되어 있었다면 선택 장애만 더욱 깊어졌을 터.

이안은 구매 가능한 마법서들 중 가장 가성비가 괜찮은 마법서들을 골라 두 개 정도 구매하기로 결정하였다.

'흠……. 공격 마법도 좋지만, 실질적인 효용성은 버프나 유틸 계열 마법이 더 나아 보이는데……. 아니다. 이 정도 공격 계수라면, 공격 마법이 나은 것 같기도…….'

서른 개 정도의 마법서를 하나하나 계수까지 따져 가며, 고뇌에 고뇌를 거듭하는 이안.

때문에 이안은 제법 오랜 시간동안 행복한 고민을 해야만 했고, 거의 30~40분이 지난 뒤에야 구매할 마법서들을 결정할 수 있었다.

"여기, 이거랑 이거. 이 두 개로 결정하겠습니다."

이안은 마법서들을 선택하였고, 그러자 해당 마법서들의 주변으로 새하얀 빛이 일렁이기 시작하였다.

그리고 뒤쪽에서 그 모습을 보던 장로들이, 고개를 끄덕이며 추임새(?)를 넣었다.

"오, 훌륭한 선택일세. 뛰어난 마법들을 잘 골랐구먼."

"우리가 연구해 낸 것들이지만, 정말 대단한 마법들이지. 후회 없는 선택이 될 것일세."

이어서 장로들의 대사가 끝난 순간…….

띠링-!

경쾌한 알림 음과 함께, 이안의 눈앞에 새로운 시스템 메시지들이 떠올랐다.

-라페르 일족의 공헌도를 3,550만큼 소모합니다.

-'리사이클링Recycling 마법서' 아이템을 획득하셨습니다.

-라페르 일족의 공헌도를 2,790만큼 소모합니다.

-'커스 프리징Cause Freezing 마법서' 아이템을 획득하셨습니다.

이어서 공헌도를 100단위까지 깔끔하게 다 소모한 이안은, 후련한 마음으로 마법성소를 나설 수 있었다.

'만족스러워. 얼른 실전에서 써 보고 싶은 걸.'

그리고 공헌도까지 싹 소진한 이안이 다음 차례로 해야 할 일은, '각성의 수정'과 '마력의 심장'을 사용하여 드래곤들을 각성시키는 것이었다.

현재 이안이 보유하고 있는 드래곤은 총 네 마리이다.

가장 처음으로 얻은 드래곤인 카르세우스와, 진화를 거듭하여 신룡이 된 뿍뿍이.

빛의 여신 에르네시스의 퀘스트를 클리어하며 얻게 된 엘카릭스와 어느새 이안의 애마(?)가 되어 버린 아이언까지.

물론 물리 공격력이 주력인 카르세우스와 아이언은 마법을 사용할 일이 별로 없었지만, 모든 드래곤은 기본적으로 '마법의 일족' 고유 능력을 가지고 있다.

마법사 클래스 유저가 쓰는 마법보다 위력이 떨어진다는 페널티를 가지고 있긴 하였지만, 대신 별다른 마법수련 없이 8서클까지의 모든 마법을 습득하고 사용할 수 있는 사기적인 고유 능력 말이다.

그리고 덕분에 이 네 마리의 드래곤들은, 각성의 수정과 마력의 심장을 이용한 '언령 각성'이 가능한 개체였다.

'흐흐, 각성하고 나면 언령 마법을 사용할 수 있게 되는 것 말고도 더 좋아지는 게 있으려나?'

그런데 여기서, 한 가지 의문이 더 생길 수 있다.

이안에게 언령 각성이 가능한 소환수는 넷이 전부이건만, 대체 그는 왜 각성의 수정을 다섯 개나 구입한 것일까?

물론 각성에 필요한 주된 재료는 수정이 아닌 마력의 심장

새로운 힘 203

이었고, 때문에 수정 값이 마법서보다는 훨씬 저렴하였지만 그래도 쓸 일 없는 물건을 구매할 이안이 아니었으니 말이다.

그리고 그 이유는, 이안의 큰 그림(?) 때문이었다.

'남는 각성석 한 개는, 언젠가 용암의 대지를 발견하면 사용할 날이 오겠지.'

중간계 어딘가 존재하는, 아니, 존재할지도 모르는 '용암의 대지'에 있을 '라바 드래곤'을 위해 각성석 하나를 추가로 구입했던 것.

망상에 그칠지 큰 그림이 될지는 모르겠지만, 어쨌든 이안은 그러한 이유로 각성석을 하나 더 산 것이었다.

저벅- 저벅-.

아이언을 끌고 라페르 일족의 거점을 이리저리 돌아다니던 이안은, 조용하고 으슥한(?) 곳을 찾아 자리를 잡았다.

이어서 나머지 세 마리의 드래곤들을, 차례로 소환하였다.

"엘카릭스, 카르세우스, 뿍뿍이 소환!"

위이잉-!

이안의 시동어가 떨어지자마자 곧바로 그의 앞에 나타나는 세 마리의 소환수들.

"흐아아암, 아빠, 졸려요······."

"왜 벌써 부른 거냐, 주인? 설마 개미 발자국만큼 쉬고 나서 또 싸우려는 건 아니겠지?"

"뿍, 살려 줘라뿍······."

반쯤 눈이 감겨 있는 엘카릭스와 긴장한 표정의 카르세우스, 다크서클이 턱밑까지 내려와서는 자포자기한 표정으로 이안을 응시하는 뿍뿍이까지.

 세 소환수들을 본 이안은 살짝 머쓱한 표정이 되었다.

 이안이 생각하기에도 이번에는 소환수들을 좀 심하게 혹사시켰으니 말이었다.

 "다들 걱정하지 마. 사냥 가려고 부른 건 아니니까 말이야."

 이안의 말에, 카르세우스가 믿을 수 없다는 표정으로 게슴츠레 쳐다보았다.

 "정말이냐 주인아. 믿어도 되지?"

 "그렇다니까?"

 이안의 대답이 떨어지자, 그제야 불안한 표정을 얼굴에서 지우는 세 소환수들.

 그들을 한 번씩 번갈아 응시한 이안은, 슬슬 본론을 꺼내기 시작하였다.

 "이번에 너희를 소환한 이유는, 전투가 아니라 선물을 하나씩 주기 위해서야."

 그리고 생각지도 못했던 이안의 말에 소환수들의 동공이 크게 확대되었다.

 "서, 선물이라니……. 주인이 오늘 이상하다."

 "선물! 역시 우리 아빠밖에 없어요!"

 "뿍! 미트볼이냐뿍?"

하지만 소환수들의 놀람은 거기서 끝이 아니었다.

이안이 선물(?)을 공개하고 나자 더욱 놀란 것이다.

미트볼이 아니어서 실망한 뿍뿍이를 제외하고 말이다.

"이것은…… 각성의 수정?"

신화등급이 된 뒤 전생의 기억을 대부분 되찾은 카르세우스는 각성의 수정이 어떤 물건인지 정확히 알고 있었다.

그에 이안은 반색하며 카르세우스를 향해 되물었다.

"카르세우스, 너 이 물건을 알아?"

"당연히 알고 있다. 하지만 이것만으론 각성체가 될 수 없을 텐데……."

"오호. 정말 알고 있네."

이어서 씨익 웃어 보인 이안은, 인벤토리에서 마력의 심장 아이템을 꺼내어 들었고.

그것을 발견한 엘카릭스의 입에서 탄성이 터져 나왔다.

"아, 마력의 심장! 그래서 거신들을 그렇게 잡았던 거였구나."

이제야 모든 정황이 이해되었다는 듯 동시에 고개를 주억거리는 엘카릭스와 카르세우스.

"확실히 주인이 대단하긴 하군. 드래곤들조차 구하기 힘든 물건들을 이렇게 손쉽게 구해 오다니 말이야."

중얼거리듯 말하는 카르세우스를 보며, 이안이 핀잔을 주었다.

"말은 바로 하자, 카르세우스. 결코 손쉽지 않았다고."

이어서 아이언까지 네 마리의 소환수들을 한 번씩 응시한 이안은, 그들을 둘러보며 다시 입을 열었다.

"누가 먼저 해 볼래? 어차피 넷 다 각성시켜 주긴 할 거야."

그리고 이안의 말이 떨어진 바로 그 순간…….

번쩍.

재빨리 양손을 번쩍 든 엘카릭스가 베시시 웃으며 앞으로 걸어 나왔다.

"저요, 저! 나부터 시켜 줘요!"

획득하는 과정이 어려웠던 것과 달리, 마력의 심장과 각성의 수정을 사용하는 것은 그리 어려운 일이 아니었다.

이안이 수정을 꺼내 들어 엘카릭스에게 내민 순간…….

띠링-!

-조건이 충족되었습니다.

-'마력의 심장'을 소모하여, '각성의 수정'을 사용할 수 있습니다.

-소환수 '엘카릭스'에게 '각성의 수정'을 사용하시겠니까? (Y/N)

-각성의 수정을 사용할 시, '각성의 수정'과 '마력의 심장' 아이템은 모두 소모됩니다.

친절한 시스템 메시지와 함께, 각성의 수정에서 신비로운 빛줄기가 뿜어져 나오기 시작했으니 말이었다.

"좋아, 엘. 너부터 한번 해 보자."

이안의 말이 떨어지자 엘카릭스는 이안의 손에 올려 있던 수정을 재빨리 집어 들었고, 그것을 지켜보던 이안은 마른침을 꿀꺽 하고 집어삼켰다.

각성을 앞에 둔 엘카릭스보다도 오히려 이안이 더 긴장하고 있는 것이다.

'각성하면서 전투 능력도 좀 강해졌으면 좋겠는데……. 아니다, 그것까진 좀 욕심이고, 새로운 언령 마법이라도 배웠으면…….'

각성이 어떤 식으로 이뤄질지 온갖 망상을 하며 두근거리는 마음으로 엘카릭스를 지켜보는 이안.

그리고 그런 이안의 기대에 부응하기라도 하듯, 엘카릭스의 각성은 무척이나 화려하였다.

각성의 수정에서 뿜어져 나온 새하얀 빛줄기는 어마어마한 광채를 뿜어내며 엘카릭스의 전신을 뒤덮기 시작한 것이다.

우우웅-!

온몸이 하얀 빛으로 뒤덮인 채, 점점 커져 가는 엘카릭스의 신체.

고오오오-!

각성의 수정은 마력의 심장으로부터 계속해서 마력을 빨아들였으며, 그것으로 만들어 낸 강력한 에너지를 엘카릭스에게 지속적으로 뿜어내었다.

또, 각성하면서 폴리모프가 풀린 것인지, 엘카릭스의 몸은 점점 거대한 신룡의 위용을 갖추기 시작하였다.

쿠궁- 쿠우웅-!

이안의 기대감을 최고조로 끌어올리는, 엘카릭스의 각성 이펙트.

그리고 잠시 후…….

띠링-!

이안의 눈앞에 기다렸던 시스템 메시지가 주르륵 하고 떠오르기 시작했다.

-소환수 '엘카릭스'의 언령 각성에 성공하였습니다!

-'엘카릭스'의 위격에 걸려 있던 봉인이 해제됩니다.

-'엘카릭스'가 가진 모든 마법의 재사용 대기 시간이 25퍼센트만큼 감소합니다!

-'엘카릭스'가 가진 모든 마법의 캐스팅 시간이 40퍼센트만큼 단축됩니다!

……중략……

"와……."

메시지를 읽어 내려가던 이안의 입에서 저도 모르게 탄성이 새어 나왔다.

각성의 효과가 이안이 기대했던 것보다, 더욱 대단했기 때문이었다.

하지만 각성으로 인해 떠오른 모든 시스템 메시지들 중 이안을 가장 흥분시킨 것은, 마지막에 떠오른 세 줄의 메시지였다.

—소환수 '엘카릭스'의 고유 능력 '마법의 일족'이 각성으로 인해 진화합니다.

—'엘카릭스'의 마법 공격력이 30퍼센트만큼 증가합니다!

—'마법의 일족' 고유 능력이 '마법의 지배자'로 변경됩니다.

그것을 확인한 이안은 소환수 정보 창을 오픈하여 다급히 엘카릭스의 정보를 찾기 시작하였다.

마법의 지배자

드래곤은 마법을 지배하는 '마법의 일족'입니다.
언령의 힘을 깨달은 드래곤은 최상위 마법 체계인 '언령 마법'을 사용할 수 있게 되며, 모든 마법을 더욱 강력하게 발동할 수 있게 됩니다.
또, 드래곤의 태생에 따라 별도의 배움 없이도 사용할 수 있는 언령 마법을 한 가지 부여받습니다.
*'마법의 지배자' 효과로 인해, 모든 마법의 계수가 20퍼센트만큼 증가합니다.
*해당 드래곤의 성향으로 인해, 모든 회복계열 마법의 효과가 50퍼센트만큼 증폭됩니다.
현재 습득 중인 언령 마법
—홀리 워Holy War
현재 습득 중인 마법

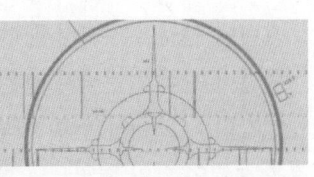

―폴리모프Polymorph
―힐링 웨이브Healing Wave
―리커버리Recovery

'마법의 일족' 고유 능력은, 드래곤만이 가지고 있는 전유물 같은 최상위 티어의 능력이었다.

별다른 조건 없이 8서클 이하의 모든 마법을 배울 수 있는 능력은, 비록 페널티가 있다 하더라도 충분히 좋은 고유 능력인 것이다.

하지만 페널티가 사라지고 오히려 버프까지 받게 된 지금, 이제 '마법의 지배자'라는 이름이 된 이 고유 능력은 더 이상 '좋은' 고유 능력 정도의 수식어로 이야기할 수 없게 되었다.

이것은 이제 이안이 보기에, 완벽히 '사기적인' 능력으로 진화하였다.

'와, 마법 공격력 뻥튀기된 걸로 끝인 줄 알았는데, 거기서 다시 계수가 20퍼센트 증가했어? 게다가 회복 마법 효과 증폭은 대체…….'

엘카릭스의 정보 창을 확인한 이안은, 그대로 말을 잃고 말았다.

비록 처음에 상상했던(?) 것처럼 전투 능력치 자체가 오른 것은 아니었지만, 그 이상으로 강력한 옵션들이 많이 생겨났으니 말이다.

그런데 심지어 여기서 끝이 아니었다.

이안이 아직 확인하지 않은 한 가지.

엘카릭스 고유의 언령 마법으로 부여받은, '홀리 워'라는 고유 능력이 남아 있었으니까.

'홀리 워? 성전聖戰이라……. 회복 계열 고유 능력이려나?'

이안은 저도 모르게 마른침을 꿀꺽 집어삼키며, 마법의 자세한 정보를 오픈해 보았다.

홀리 워

등급 : 신화(초월)　　　　　　**분류** : 언령 마법
마력 등급 : 9서클
전장의 하늘로 날아올라 '성전'을 선언합니다.
성전을 선언하는 순간 반경 100미터 이내의 모든 아군에게 빛의 여신이 내리는 축복이 부여되며, 이 효과는 10분 동안 지속됩니다.
(최초에 축복이 내릴 때, 모든 아군의 생명력이 시전자 최대 생명력과 방어력에 비례하여 회복됩니다.)
'여신의 축복'을 부여받은 대상은 지속 시간 동안 모든 상태이상에 저항하는 '면역' 상태가 되며, 매 초당 생명력이 최대 생명력의 3퍼센트만큼씩 회복됩니다.
또, 모든 종류의 '저항력'이 30퍼센트만큼 증가합니다.
(저항력 버프는 Maximum 수치를 넘을 수 있습니다.)
재사용 대기 시간 : 20분
*신룡 '엘카릭스'의 고유한 언령 마법입니다.
고유한 언령 마법을 사용할 시 마나 소모량이 절반으로 감소합니다.
*모든 언령 마법에는 캐스팅 시간이 존재하지 않습니다.

9서클의 마법은, 그야말로 궁극의 마법이다.

마법사 클래스의 최고 랭커들조차 중간계에 오기 전까지는 아무도 갖지 못했으며, 지금 이 시점에서도 보유한 사람이 많지 않은 최상위 마법이라고 할 수 있는 것이다.

'레미르 누나도 고작 세 가지 정도 쓸 수 있다고 했었으니까……'

게다가 언령의 힘을 깨닫지 못한 인간 마법사들이 쓰는 9서클의 마법은, 사실 반쪽짜리라고 할 수 있었다.

애초에 9서클 마법 자체가 언령 마법을 베이스로 하는 마법인데, 그것을 인간계의 마탑에서 일반 마법으로 개조한 것이기 때문에 무캐스팅으로 사용할 수 있는 엘카릭스와 달리 어마어마하게 긴 캐스팅 시간을 페널티로 받았으니 말이다.

여하튼 그러한 이유로, 이안은 완벽하게 확신할 수 있었다.

지금 엘카릭스의 고유 언령 마법으로 생성된 9서클 마법 '홀리 워'는, 현존하는 그 어떤 회복 계열 마법보다도 강력한 마법일 것이라고 말이다.

'회복량이야 더 높은 마법도 있겠지만, 광역으로 들어가는 면역 효과에 저항력 버프가 진짜 미친 수준이야.'

게다가 한 가지 더.

이안은 마법 설명 창의 하단부에 쓰여 있는 한 줄의 문구 때문에 무척이나 설렜다.

-저항력 버프는 Maximum 수치를 넘을 수 있습니다.

'크, 이 말대로라면 차원 마력 저항력도 150 뚫고 올라갈

수 있다는 건데……. 이러면 버프가 얼마나 더 증폭될지 궁금해지잖아?'

루가릭스의 목에 목줄(?)을 채우러 가기 전, 무리해서 퀘스트를 클리어한 것에 보람을 느끼는 이 순간!

"크으으!"

이안이 연신 감탄사를 연발하는 동안, 각성으로 인해 잠시 드래곤의 본체가 되었던 엘카릭스가 어느새 꼬마 숙녀의 모습으로 다시 되돌아와 있었다.

"헤헤, 아빠, 마음에 들어요?"

양손을 허리에 턱 얹은 채 뿌듯한 표정을 하고 있는 엘카릭스.

이안은 그녀의 머리를 쓰다듬어 주며 기분 좋게 웃었다.

"그럼, 마음에 들고말고. 역시 우리 엘이가 짱이야."

"으히히."

그렇게 기분 좋아진 엘을 뒤로하고, 이제 이안은 남은 세 드래곤들에게도 각각 각성 수정을 하나씩 건네어 주었다.

"자, 이제 너희들도 하나씩 해 볼까?"

"이거 맛없어 보인다뿍. 마음에 안 든다뿍."

"시끄럽고 빨리 각성이나 해 봐."

그리고 이안의 말이 떨어짐과 동시에 뿍뿍이와 카르세우스의 신형이 새하얗게 변하면서, 엘카릭스가 그랬듯 본체의 모습으로 커다랗게 현신하기 시작하였다.

아이언이야 애초에 본체의 모습이었으니 변할 것이 없었고 말이다.

우우웅—!

커다란 공명음이 울리면서, 무사히 각성을 마친 세 마리의 드래곤.

그러나 이안은, 약간 실망할 수밖에 없었다.

"쩝, 이런 건 생각 못 했는데……."

—소환수 '뿍뿍이'의 언령 각성에 성공하였습니다!

—'뿍뿍이'의 위격에 걸려 있던 봉인이 해제됩니다.

—'뿍뿍이'가 가진 모든 마법의 재사용 대기 시간이 25퍼센트만큼 감소합니다!

—'뿍뿍이'가 가진 모든 마법의 캐스팅 시간이 40퍼센트만큼 단축됩니다!

……중략……

—소환수 '카르세우스'의 언령 각성에 성공하였습니다!

—'카르세우스'의 위격에 걸려 있던 봉인이 해제됩니다.

—소환수 '아이언'의 언령 각성에 성공하였습니다!

—'아이언'의 위격에 걸려 있던 봉인이 해제됩니다.

……후략……

각성으로 인한 버프 효과와 패널티 해제는 분명 엘카릭스와 다름없이 적용되었지만, 한 가지 생각지 못했던 사태가 발생한 것이다.

-소환수 '뿍뿍이'의 고유 능력, '마법의 일족'이 각성으로 인해 진화합니다.

-'뿍뿍이'의 마법 공격력이 30퍼센트만큼 증가합니다!

-'마법의 일족' 고유 능력이 '마법의 지배자'로 변경됩니다.

……중략……

-소환수 '뿍뿍이'의 '지능' 능력치가 부족하여 고유 언령 마법을 습득할 수 없습니다.

-소환수 '카르세우스'의 '지능' 능력치가 부족하여 고유 언령 마법을 습득할 수 없습니다.

-소환수 '아이언'의 '지능' 능력치가 부족하여 고유 언령 마법을 습득할 수 없습니다.

-각성이 완료되었습니다.

"아놔……."

엘카릭스의 '홀리 워'만큼이나 강력한 9서클 마법들을 배울 것이라 생각했던 세 마리의 드래곤들이, 고유 마법을 하나도 배우지 못한 대참사가 일어난 것이다.

기대감이 너무 컸던 탓인지, 충격으로 인해 말을 잇지 못하는 이안.

"크윽, 이 바보들……!"

물론 주인의 속을 알 리 없는 세 마리의 드래곤들은, 언령 각성에 무척이나 기뻐하고 있었다.

"뿍! 뭐가 상쾌한 기분이다뿍!"

"오오, 언령의 흐름이 느껴지는군. 전생의 힘을 조금 더 찾은 것 같다, 주인."

"크롸아아ー!"

이안은 고개를 절레절레 저으며, 한숨을 푹 쉬고는 아이언의 등 위에 올랐다.

사실 9서클의 고유 마법을 제하고라도 충분히 대단한 수준의 각성이었지만, 사람의 마음이란 것은 언제나 간사한 법.

뭔가 줬다 빼앗는 기분이 들어 우울한 이안이었다.

'쩝, 나중에 지능 좀 오르면 언젠가 배우려나?'

그나마 위안(?)이라면, 아직 이안에게 한 마리의 드래곤이 더 남아 있다는 것.

'루가릭스는 9서클 마법을 이미 장착하고 있을 테니까.'

카르세우스와 뿍뿍이를 다시 소환 해제한 이안은, 엘과 함께 아이언을 타고 빠르게 균열을 벗어나기 시작하였다.

이제 이안의 목적지는 중천의 북쪽, 짙은 어둠이 내려앉아 있는 곳.

어둠의 하늘 위에 있는, '암천궁'이었다.

"으흐흥."

암천暗天의 탕자(?) 루가릭스는, 오늘 기분이 무척이나 좋앉다.

 가만히 있어도 절로 콧노래가 흘러나올 정도였으니, 그의 기분이 얼마나 좋은지는 모르는 이가 보더라도 충분히 짐작할 수 있을 정도였다.

 "룰루-!"

 그런 그를 옆에서 지켜보던 마카론이 고개를 절레절레 저으며 물었다.

 "그렇게 좋으십니까, 루가릭스 님?"

 "그럼 좋다마다!"

 "대체 뭐가 좋은 겁니까?"

 "자유! 프리덤!"

 신이 난 루가릭스는 암천의 정자를 데굴데굴 굴러다니며 환호하였다.

 그가 지금 이렇게 기분이 좋은 이유는 단 하나.

 이제 몇 시간만 지나서 자정을 넘으면, 이안을 피해 탈주할 수 있는 시간이 되기 때문이었다.

 "으하하핫, 나 없는 암천을 잘 지켜 줘라, 친구들."

 루가릭스의 말에, 이번에는 다카론이 물었다.

 "오늘 나가시면 언제 돌아오시는 겁니까?"

 그리고 그 물음에, 루가릭스는 정색을 하며 대답하였다.

 "뭐? 돌아온다고? 내가? 여길?"

 "예."

"그게 무슨 미친 소리야, 친구? 이안이 중간계에 있는 한 내가 여기에 돌아올 일은 없을 테니 그리 알아."

이안을 피해 도망간다는 사실 자체도 충분히 기쁜 일이었지만, 루가릭스에게는 그보다 더 뿌듯한 일이 하나 있었다.

그것은 바로, 이안과의 심리전에서, 처음으로 승리(?)했다는 사실이었다.

'으흐흐, 아직까지 안 오는 걸로 봐서, 이안 이 친구, 라페르 일족 할배들에게 단단히 코가 꿰인 게 분명해. 역시 인간들의 욕심이란 끝도 없다는 말이지.'

루가릭스가 생각하기에 라페르 장로들의 요구 사항을 전부 충족시키려면, 적어도 한두 달은 균열에서 노예처럼 굴러야 할 것이었다.

그리고 이안이 구르고 있는 장면을 상상만 해도 기분이 좋아지는 루가릭스였다.

"저, 루가릭스 님."

"또 왜?"

"왠지 모르게 지금 이 순간 하고 싶은 게 하나 생겼는데…… 혹시 해도 됩니까?"

마카론의 말에, 루가릭스가 고개를 휘휘 저으며 발악하듯 대꾸하였다.

"안 돼! 하지 마! 가만히 있어 제발!"

"오늘이 루가릭스 님 근신 마지막 날이라고 궁주님께 보고

하고 싶은데……. 혹시 그래도 됩니까?"

"후……. 카론아, 형이 지금까지 네게 잘못한 일이 있다면 혹시 말로 해 줄 수는 없겠니?"

만약 마카론이 루가릭스의 근신이 끝났다는 것을 보고한다면, 분명 궁주는 그에게 새로운 임무를 부여할 것이었다.

그리고 임무가 부여되면 루가릭스의 탈주의 꿈은, 그대로 물거품이 되어 버릴 터였다.

더해서 루가릭스가 임무를 수행하는 사이 이안이 돌아오기라도 한다면…….

"으아앗!"

그것을 상상해 버린 루가릭스는 저도 모르게 몸을 부르르 떨었다.

"휴우, 끔찍한 상상이었어. 그런 말도 안 되는 일이 벌어질 리 없지. 암, 그렇고말고."

크게 숨을 내쉰 루가릭스는 가슴을 쓸어내리며 중얼거렸다.

이어서 마카론을 향해 불쌍한 표정으로 입을 열었다.

"농담이라도 그런 말 하는 거 아니다, 카론아. 형 지금 심장 내려앉을 뻔했어."

씨익 웃으며 마카론과 다카론, 두 쌍둥이를 번갈아 응시하는 루가릭스.

그런데 잠시 후…….

"……?"

루가릭스는 뭔가 분위기가 이상하다는 것을 깨달을 수 있었다.

분명 농담 따먹기를 하며 대화를 이어 가야 할 두 쌍둥이 드래곤이, 갑자기 굳은 표정으로 말을 잇지 못하고 있었기 때문이었다.

때문에 루가릭스 또한, 덩달아 불안해질 수밖에 없었고……

"야, 너희들 갑자기 왜 그래? 무슨 일 있……?"

잠시 후 그 불안감은, 현실이 되고 말았다.

"오빠, 여기 있었구나!"

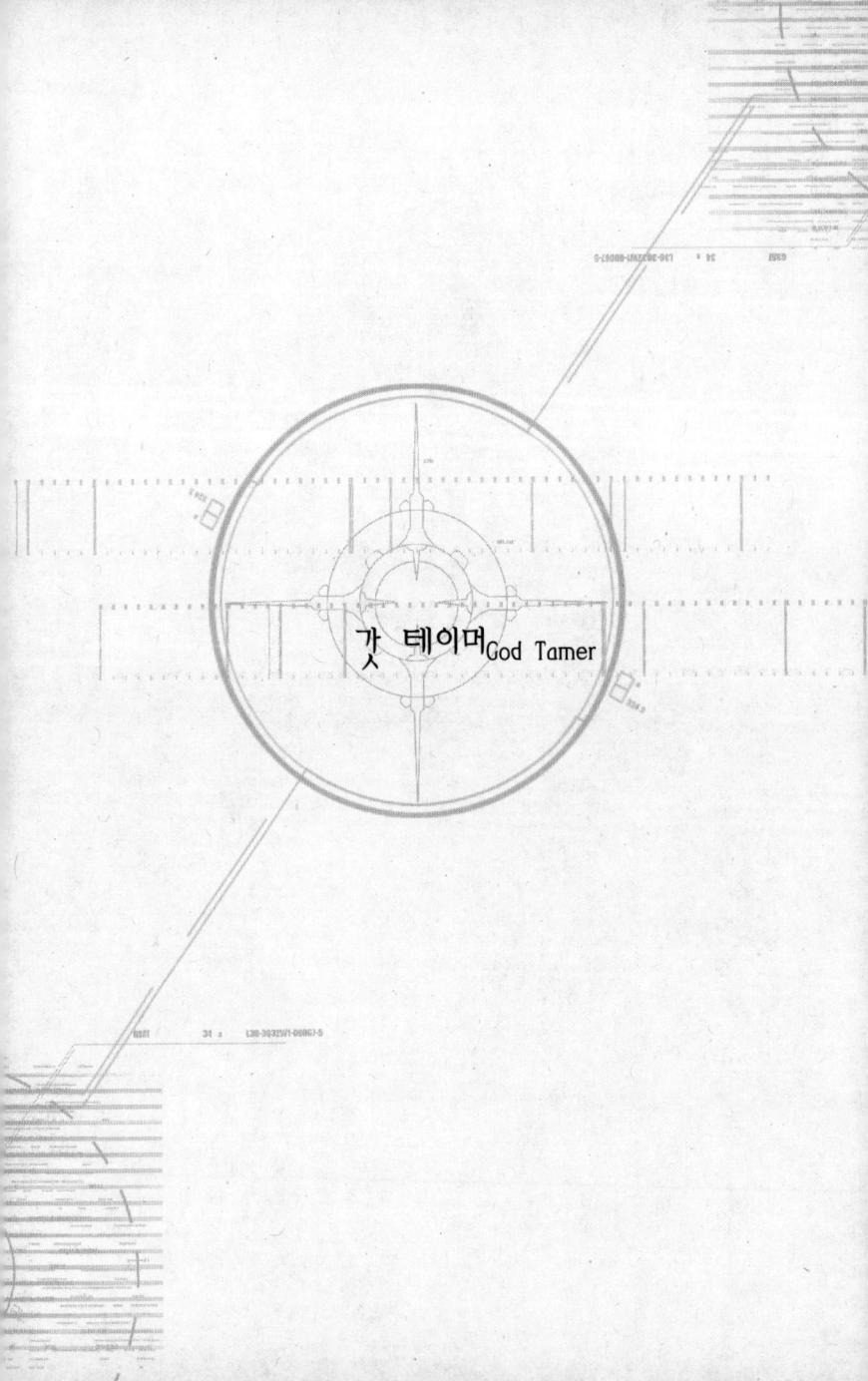

맑고 청량한 그리고 루가릭스에게는 무척이나 익숙한 하이 톤의 목소리.

"……!"

그 목소리를 들은 순간 루가릭스는 마치 벼락이라도 맞은 듯 자리에 굳어 버렸고, 두 동공은 마치 지진이라도 난 듯 흔들리기 시작하였다.

이어서 굳어 있는 루가릭스의 앞으로, 목소리의 주인공이 등장(?)하였다.

스윽.

루가릭스의 앞에 얼굴을 빼꼼 내미는, 백은발의 머릿결을 가진 귀여운 소녀.

물론 루가릭스의 눈에 그 귀여운 외모는 공포스럽게 느껴질 따름이었지만 말이다.

"헤헤, 찾느라 힘들었잖아. 그 사이 어디 도망간 줄 알고 슬플 뻔했다고."

헤실거리며 웃는 엘카릭스와 눈이 마주친 루가릭스는, 더듬거리며 입을 열었다.

"네, 네가 여긴 어떻게……?"

"어떻게긴, 오빠 찾으러 왔지."

"날 왜 찾아?"

"그야 아빠가 시켰으니까."

"……!"

루가릭스도 알고 있다.

엘카릭스가 '아빠'라고 부르는 유일한 존재가 누구인지 말이다.

때문에 루가릭스의 얼굴에는 믿을 수 없다는 표정이 떠올라 있었다.

"지, 지금……. 이안도 여기에 와 있는 거야?"

루가릭스의 물음에, 허리에 양손을 올린 엘카릭스가 고개를 힘차게 끄덕이며 대답하였다.

"물론! 이제 오빠 찾았으니, 아빠를 이쪽으로 불러야……."

고개를 획획 돌리는 엘카릭스를 보며, 루가릭스는 자신도 모르게 그녀의 손을 덥석 붙들었다.

"에, 엘, 굳이 그럴 필요는 없을 것 같아. 일단 나랑 얘기 좀……."

정말 간절한 표정으로 엘카릭스를 향해 호소하는 루가릭스.

하지만 루가릭스의 호소에 엘이 대답하기 전, 다른 목소리가 먼저 그의 귓전으로 들려왔다.

"그래, 엘. 루가릭스 말이 맞다. 부를 필요 없어."

뒤쪽에서 들려온 목소리에 네 드래곤들의 시선은 동시에 그쪽을 향해 움직였고, 그곳에는 이안이 이를 하얗게 드러낸 채 웃고 있었다.

"이미 이렇게 도착했으니까 말이야."

마치 저승사자를 만나기라도 한 듯, 하얗게 질려 버린 루가릭스의 표정.

"아……."

루가릭스는 세상 전부를 잃기라도 한 듯, 바닥에 털썩 주저앉고 말았다.

그야말로 외통수나 다름없는 빠져나갈 구멍조차 없는 상황이 되어 버린 것이다.

그런 그를 향해, 이안이 씨익 웃으며 말을 이었다.

"고맙다, 루가릭스. 덕분에 언령 마법도 얻고, 균열에도 완벽히 적응했어."

"뭐……?"

"계약하기 전부터 이렇게 날 위해 물심양면 애써 주다

니……. 역시 너야말로 진정한 충신이야."

"말도 안 돼!"

이안의 말에, 루가릭스는 한 번 더 당황할 수밖에 없었다.

그의 상식으로 이안의 이야기는 말이 되지 않았기 때문이었다.

'돌아왔기에 퀘스트를 중단하고 온 건 줄 알았는데……. 정말 라페르 일족의 임무를 전부 수행했다고?'

루가릭스는 라페르 일족이 이안에게 어떠한 요구를 할지 대략적으로 알고 있었다.

그 역시 과거에 언령 마법서를 얻기 위해서 라페르 일족 장로들에게 임무를 받아 본 경험이 있었으며, 현재 라페르 일족의 상황이 어떠한지 잘 알고 있었으니 말이다.

만약 이안이 정말 언령 마법을 얻었다면, 라페르 일족의 문제를 전부 해결해 내었다는 것일 터.

균열의 거인들이 얼마나 사납고 강력한지 잘 아는 루가릭스로서는 도무지 믿을 수가 없는 것이다.

"따, 딴 건 몰라도 마력의 심장은 대체 어떻게 구한 거야, 이안?"

"음……?"

"마력의 심장을 구하지 못했다면, 절대로 언령 마법을 얻을 수 없었을 텐데……."

루가릭스는 너무도 놀란 나머지, 자신이 처한 상황도 잊은 채 이안에게 물어보았다.

마력의 심장을 구하려면 거신족 거점의 한복판까지 들어가야 한다는 것을 잘 알고 있었으며, 특히 그곳을 지키는 마력의 거인들은 루가릭스에게도 부담스러울 정도로 강력한 녀석들이었으니 말이다.

한두 마리 정도라면 루가릭스도 어렵지 않게 상대할 수 있겠지만, 거점을 지키는 마력의 거인들은 수십 마리가 넘었으니까.

루가릭스의 그 물음에 이안은 태연한 목소리로 대답하였다.

"어떻게 구했긴. 마력의 거인 때려잡아서 파밍했지."

"……?"

"어디 보자, 적어도 백 마리 정돈 잡은 것 같은데……."

"거짓말이지?"

파밍이라는 말이 뭔지 루가릭스는 정확히 몰랐지만, 그것을 모른다 해도 이안의 말을 이해하는 데에는 아무런 문제가 없었다.

그리고 그 때문에, 루가릭스는 경악할 수밖에 없었다.

이안이 과장하거나 거짓을 이야기하는 성격이 아니라는 것은, 그도 잘 알고 있었으니 말이다.

"내가 모르던 사이에 마력의 거인들이 단체로 식중독이라도 걸렸나. 그렇게 쉽게 당할 놈들이 아닌데……."

공황장애라도 온 듯 횡설수설하며 중얼거리는 루가릭스

와, 그런 그를 보며 어이없는 표정으로 웃는 이안.

"자, 우리 충신님. 이제 그만 튕기고, 우리의 약속을 이행하도록 해볼까?"

나긋나긋한 목소리로 운을 뗀 이안은, 천천히 루가릭스를 향해 다가갔다.

그리고 어느새 포획 스킬을 발동시킨 이안의 손에서는 하얀 빛이 뿜어져 나오고 있었다.

우웅.

마치 못 볼 것을 보기라도 했다는 듯, 두 눈을 질끈 감아 버리는 루가릭스.

그리고 그런 그의 옆에 서있던 쌍둥이 드래곤들은, 안쓰러운 표정으로 그 광경을 지켜보고 있었다.

"루가릭스 님이 불쌍해 보이는 건 처음이야, 다카론."

"후우, 그러게. 암천궁을 위해선 나쁜 일이 아닌데…….뭔가 짠한 기분이 드는 걸."

이어서 다음 순간.

우우우웅-!

이안의 손에서 퍼져 나온 새하얀 빛줄기가 루가릭스의 주변으로 맹렬하게 휘감기기 시작하였다.

그리고 루가릭스는, 그 빛줄기를 저항 없이 받아들였다.

더 이상은 루가릭스도 핑계대거나 회피할 방법이 없었으니 말이다.

그리고 그것을 끝으로…….

띠링-!

이안의 눈앞에, 드디어 기다렸던 시스템 메시지가 떠올랐다.

-어둠의 신룡 '루가릭스'를 포획하는 데 성공하셨습니다!
-신룡을 포획하는 데 성공하여, 3만 만큼의 명성(초월)을 획득합니다.
-어둠의 신 '카데스'가 당신을 주시합니다.
-어둠 저항력이 10만큼 증가합니다.
-'공포'상태이상에 대한 저항력이 3퍼센트만큼 증가합니다.
……중략……
-'신화' 등급의 소환수를 최초로 테이밍하셨습니다!
-'갓 테이머' 칭호를 획득합니다.
-'통솔력' 능력치가 1,000만큼 증가합니다.
-'친화력' 능력치가 500만큼 증가합니다.
-'정령 마력' 능력치가 15퍼센트만큼 증가합니다.
-'소환 마력' 능력치가 20퍼센트만큼 증가합니다.
……후략……

하얀 빛줄기 속으로 빨려들어, 서서히 자취를 감추기 시작하는 루가릭스의 실루엣.

그것을 지켜보는 이안은 흡족한 표정이 될 수밖에 없었다.

루가릭스를 테이밍한 데에서 온 만족감도 만족감이지만, 시간이 너무 오래 지나 최초의 신화 등급 테이밍 칭호를 놓칠지도 모른다고 생각하였는데, 결국 이렇게 이안의 손에 들어오게 되었으니 말이다.

'흐흐, 다른 신화 등급 가진 소환술사들도 직접 테이밍한 케이스는 없었나 보네.'

이제는 이안 말고도, 셀 수 없이 많은 소환술사들이 신화 등급 소환수를 하나 정도는 보유하고 있다.

하지만 그들 모두 전설 등급에서부터 진화시키거나 알을 깨워 얻게 된 소환수 혹은 퀘스트를 통해 얻은 소환수였던 것인지 결국 최초의 신화 등급 테이밍의 영예마저 이안이 독식하게 된 것이다.

그리고 이쯤 되자, 이안의 머릿속에 지난 시간들이 주마등처럼 스쳐 지나갔다.

'휴우, 루가릭스 이 녀석 얻겠다고 대체 얼마나 고생한 거야?'

처음 중간자의 위격을 얻었을 때만 하더라도 머지않아 얻게 되리라 생각했었건만, 그 뒤로도 루가릭스를 얻기 위해서는 많은 길을 돌고 돌아야만 했다.

'하지만 뭐, 재밌었으니까. 그리고 요 녀석은, 그 정도 가치는 충분히 있는 녀석이었고.'

이미 언령 각성까지 전부 다 되어 있는 신룡이라는 점도 엄청난 메리트였지만, 그만큼이나 이안에게 이 루가릭스가 중요한 이유가 하나 더 있었다.

그것은 바로, 이안이 가장 긴 시간동안 클리어하지 못하고 있었던 퀘스트인, '어둠의 신룡, 루가릭스 길들이기' 퀘스트.

"드디어 4티어 가는구나……!"

그리고 이안의 중얼거림을 듣기라도 한 것인지, 퀘스트의 조건 달성을 알리는 시스템 메시지가 마지막으로 번쩍 하고 떠올랐다.

-조건을 달성하였습니다!

-히든 퀘스트, '어둠의 신룡, 루가릭스 길들이기'를 성공적으로 완수하셨습니다!

-히든 클래스 봉인해제 조건을 만족하셨습니다.

-유저 이안의 클래스, '테이밍 마스터'의 티어가 한 단계 상승합니다.

-'테이밍 마스터'의 클래스 티어가, 4티어로 상승하였습니다!

이어서 그 메시지가 떠오른 순간.

파앗-!

이안의 눈앞이 새하얀 빛무리로 뒤덮이기 시작하였다.

최초의 신화 등급 소환수 테이밍의 영예를 안았던 것과 달리, 아쉽게도 4티어의 히든 클래스를 얻은 것은 이안이 처음이 아니었다.

소환술사 중에서 4티어의 히든 클래스가 나왔는지는 알

수 없었지만, 적어도 마법사 클래스와 전사 클래스에서는 이미 4티어를 가진 유저가 있었으니 말이다.

하지만 그렇다고 해도, 이안은 전혀 실망하지 않았다.

그런 내용을 떠나 지금 이안의 눈앞에 나타난 티어 상승 보상이, 정말 어마어마한 수준이었으니 말이었다.

-모든 전투 능력과 직업 능력이 대폭 상승합니다.

-이제부터 모든 소환수를 부리는 데 필요한 통솔력이 10퍼센트만큼 감소합니다.

-이제부터 모든 소환수의 재소환 대기 시간이 40퍼센트만큼 감소합니다.

-'포획' 스킬의 성공 확률이 25퍼센트만큼 증가합니다.

-새로운 히든 스킬, '능력 연구'를 획득하셨습니다.

-새로운 히든 스킬, '협공'을 획득하셨습니다.

-새로운 히든 스킬, '능력 전이'를 획득하셨습니다.

'와, 역시 클래스 티어 상승이 꿀이구나…….'

일단 다른 부가적인 옵션을 전부 제한 상태에서 티어 상승으로 인해 획득한 스텟만 보더라도, 입이 다물어지지 않을 정도로 엄청난 수준이었다.

구체적으로 계산해 보지는 않았지만 대략적으로 10퍼센트 정도의 스텟 상승이 일어났으니, 현재 이안의 초월레벨이 50대인 것을 감안한다면, 5레벨 이상을 공짜로 얻은 것과 다름없는 것이다.

게다가 10퍼센트만큼 통솔력 효율이 증가한 탓에 고레벨 신화 등급 소환수를 하나 더 운용할 만큼 통솔력에 여유가 생겨났으며, 재소환 대기 시간이 무려 40퍼센트나 줄어든 덕에 전략적인 선택지 또한 훨씬 더 다양해졌다.

이전까지는 한 번 소환 해제하면 해당 전투에서는 거의 재소환이 불가능하였는데, 이제는 시간을 조금만 잘 끌면 다시 소환해서 싸워 볼 만하게 된 것이다.

거기에 '포획' 스킬의 성공 확률 증가는 덤.

새로 생긴 히든 스킬 세 개 또한 범상치 않을 것이 자명하였다.

"흐흐, 이 기세를 몰아 균열 돌파하고 지저 콘텐츠까지 싹 쓸어먹으면 되는 건가?"

히든 스킬의 정보 창을 하나씩 꼼꼼하게 확인해 본 이안은, 입가에 떠오른 미소를 감출 수가 없었다.

새로 얻은 세 개의 스킬들 중 단 하나도, 쓸모없는 스킬이 없기 때문이었다.

'능력 연구, 능력 전이 두 스킬은 실제로 써 봐야 효용을 확실히 느끼겠지만, 협공 이건 그냥 봐도 사기 스킬이네.'

소환수들이 동시에 하나의 대상을 공격할 시 협공하는 소환수의 숫자에 따라 피해량이 증폭되는 옵션을 가진, 사기적인 패시브 스킬이었던 것.

더욱 기분이 좋아진 이안은, 마지막으로 아껴 두었던(?)

소환수 정보 창을 오픈하였다.

소환수 정보 창에는 방금 계약한 따끈따끈한 소환수인 루가릭스가 업데이트 되어 있을 것이고, 그의 정보 창을 확인하는 것이야말로 지금 이안에게 가장 설레는 일일 테니 말이다.

"자, 한번 얼마나 대단한지 볼까?"

기대에 찬 목소리로 중얼거린 이안은 두근거리는 마음으로 루가릭스의 정보 창을 확인해 보았다.

루가릭스(어둠의 신룡)

레벨 : 65(초월)　　　　　**분류** : 신룡
등급 : 신화(초월)　　　　**성격** : 나태함
완전체
공격력 : 4,030　　　　　**방어력** : 975
민첩성 : 2,925　　　　　**지능** : 4,875
생명력 : 365,625/365,625

고유 능력
*어둠의 지배자 (패시브)
어둠 속성의 공격을 받을 시, 피해량의 50퍼센트만큼을 무효화시킵니다. 또, 전장이 어두울수록, 모든 물리공격과 마법공격의 위력이 증가합니다.

*드래곤 스킨Dragon Skin(패시브)
모든 마법 공격에 대한 피해를 40퍼센트 만큼 감소시키며, 물리 공격에 대한 피해를 10퍼센트 만큼 감소시킵니다.
10초 동안 아무런 공격도 받지 않으면, 초당 2퍼센트씩 생명력이 회복됩니다.

*사령 흡수 (재사용 대기 시간 10분)
자신을 중심으로 반경 50미터 안에 있는 모든 사령의 기운을 빨아들여,

자신의 '마법 공격력'을 강화시킵니다.
죽은 영혼 하나당, 마법 공격력이 5퍼센트만큼 강화되며, 죽은 자의 영혼이 많을수록 능력치는 더욱 급격하게 증가합니다.
-'사령 흡수' 버프의 중첩이 10중첩을 넘을 경우, 영혼 하나 당 버프량이 10퍼센트로 증가.
-'사령 흡수' 버프의 중첩이 20중첩을 넘을 경우, 영혼 하나 당 버프량이 20퍼센트로 증가.
강화된 능력치는 30초 동안 유지됩니다.
*드래곤 브레스 (재사용 대기시간 120분)
전방 50미터 내의 부채꼴 범위에 강력한 용의 숨결을 내뿜습니다.
루가릭스 공격력의 2597퍼센트만큼의 위력을 가지며, 추가로 10초 동안, 위력의 40퍼센트만큼 지속 피해를 입힙니다.
(유저를 상대로는 효과가 절반으로 줄어듭니다.)
*폴리모프 (재사용 대기 시간 없음)
루가릭스는 폴리모프를 사용하여 인간의 모습으로 변신할 수 있습니다.
인간의 모습이 되면, 모든 전투 능력치가 30퍼센트만큼 하락하며, 고유 능력 중 '드래곤 브레스'를 사용할 수 없게 됩니다.
-마법의 지배자
드래곤은 마법을 지배하는 '마법의 일족'입니다.
언령의 힘을 깨달은 드래곤은 최상위 마법 체계인 '언령 마법'을 사용할 수 있게 되며, 모든 마법을 더욱 강력하게 발동할 수 있게 됩니다.
또, 드래곤의 내생에 따라, 별도의 배움 없이도 사용할 수 있는 언령 마법을 한 가지 부여받습니다.
*'마법의 지배자' 효과로 인해, 모든 마법의 계수가 20퍼센트만큼 증가합니다.
*해당 드래곤의 성향으로 인해, 모든 어둠 계열 마법의 위력이 35퍼센트만큼 증폭됩니다.
*현재 습득 중인 언령 마법
-소울 스톰
*현재 습득 중인 마법

―폴리모프
―다크 펄스
―다크 리벤지
잊힌 신룡 중 하나이자, 어둠의 신으로부터 능력을 부여받은 신룡 루가릭스이다.
빛의 신룡 엘카릭스의 쌍둥이 오빠이다.

 모든 소환수의 정보 창에서 가장 처음 볼 수 있는 것은, 해당 소환수의 전투 능력치이다.
 그리고 고유한 이 전투 능력치야말로 소환수의 전투력을 나타내는 가장 중요한 지표였기 때문에, 이안은 침을 꿀꺽 삼키며 수치들을 분석하기 시작했다.
 '보자……. 대충 봐도 성장 수치는 상당한 것 같고……. 근데 이거 능력치 구성은 좀 특이한데?'
 현재 능력치를 레벨로 나누어 계산해 보면, 얼추 전투 능력 성장치를 알 수 있게 된다.
 그리고 그렇게 계산해서 능력치별 성장치를 분석해 본 결과, 이안은 약간 의아함을 느낄 수밖에 없었다.
 루가릭스의 능력치 구성이 일반적인 상식을 살짝 벗어나 있기 때문이었다.
 '일반적으로 물리 공격력이 높으면 마법 공격력은 낮고, 혹은 그 반대로 설정되는 게 보통인데……. 이 녀석은 어째 공격력이랑 지능이 둘 다 높냐?'

까망이의 경우 물리 공격력은 거의 제로에 수렴하지만, 지능에 어마어마한 스텟이 몰려 있다.

그리고 까망이처럼 극단적인 경우가 아니라 하더라도, 카르세우스나 라이의 경우에도 물리 공격력에 많은 부분 능력치가 쏠려 있다.

게다가 드래곤의 가장 강력한 고유 능력인 '드래곤 브레스'의 경우에도 물리 공격력과 마법 공격력 중 높은 스텟이 계수에 적용되니, 이렇게 물리, 마법 공격력이 둘 다 높은 것은 큰 도움이 되지 않는 것이다.

때문에 이안은 입맛을 다시며, 속으로 중얼거렸다.

지능이나 공격력 두 스텟 중 하나에 몰려 있는 것이 더 강력한 위력을 발휘할 텐데, 두 가지 공격 능력에 스텟이 분산되어 있으니 아쉬운 것이다.

물론 두 스텟 모두 상급 이상이었지만, 대신 체력이나 방어력, 민첩성이 비교적 떨어질 터였다.

어쨌든 전체 능력치의 합은, 같은 레벨이라고 가정했을 시 쌍둥이인 엘카릭스와 비교하여 크게 높지 않았으니 말이다.

'흠, 이 녀석의 스텟을 100퍼센트 활용하려면, 물리, 마법 계수가 전부 붙어 있는 공격 마법을 구해야겠네. 상위 마법 중에 하이브리드 마법을 구할 수 있다면, 진짜 대박이긴 할 텐데……'

어쨌든 극단적인 공격형 스텟을 가진 루가릭스가 제법 마음에 든 이안은, 흡족한 표정으로 고유 능력을 하나하나 읽어 내려가기 시작하였다.

그리고 잠시 후.

"헐."

이안은 저도 모르게 육성을 내뱉고 말았다.

'어둠의 지배자'나 '드래곤 스킨' 고유 능력까지는 그러려니 하면서 보았는데, 그 아래 '사령 흡수' 고유 능력을 읽다가 당황한 것이다.

'뭐야, 이거 설명대로라면 이론상으로 네다섯 배까지는 충분히 뻥튀기 가능하겠는데?'

전장에서 열 구 이상의 사체가 모여 있는 것은, 생각보다 흔한 일이었다.

딩칭 기신족 거절에서 전투할 때만 하더라도, 그 거대한 거신족의 사체가 이안의 주변에 열댓 구 정도는 상시 널브러져 있었으니 말이다.

때문에 이안이 생각할 때, 어지간한 대규모 전장이라면 사령흡수 버프가 30~40스택 중첩되는 정도는 어렵지 않을 것이라 느껴졌다.

'와……. 버프 없이도 지능이 거의 5천인데, 만약 버프 제대로 들어가면 몇만 수준까지 뻥튀기 되는 거잖아?'

10분이라는 재사용 대기 시간에 비해 30초라는 지속 시간은 무척이나 짧았지만, 그것은 전혀 문제되지 않았다.

300~400퍼센트 버프가 걸려 있는 상황에서 2서클 마법인 마력의 구체 하나만 날려 보내도, 그것은 거의 핵폭탄급 위력을 발휘할 테니 말이었다.

하니, 사령흡수를 쓴 직후에 브레스라도 터뜨린다면…….

그야말로 적들의 입장에서는 재앙이 따로 없을 것이었다.

"캬……!"

감탄사를 터뜨린 이안은 내친김에 시선을 아래로 옮겨 드래곤 브레스 고유 능력을 확인하였다.

계수는 다른 신룡들과 큰 차이 없었지만, '사령 흡수' 고유 능력과 함께라면 얘기가 다를 것이었다.

'브레스 계수는 역시 신룡들이 다 비슷한 수준이고, 폴리모프야 뭐 특별할 것 없고…….'

속으로 중얼거리면서, 루가릭스의 정보 창을 아래까지 쭉 읽어 내려가던 이안.

그리고 잠시 후.

정보창의 맨 마지막에 등록되어 있는 '마법의 지배자' 고유 능력을 발견한 이안이, 마른침을 집어삼켰다.

"꿀꺽."

역시 누구와 달리(?) 지능 스텟이 높은 루가릭스는 고유한 언령 마법을 하나 가지고 있었으니까.

심지어 루가릭스가 가진 언령 마법인 '소울 스톰'은, 이안도 이미 본 적이 있는 강력한 9서클의 광역 공격 마법이었다.

과거 인간계에서 리치 킹 시나리오를 진행하던 시절.

루가릭스가 어둠의 회오리를 소환해서 언데드 군단을 가루로 만들어 버리던 걸 본 적이 있었으니 말이다.

이 '소울 스톰'이라는 이름을 확인한 순간, 이안의 머릿속에 자연스레 과거의 기억이 떠오르기 시작하였다.

"아, 그 스킬? 그건 내 고유 능력이라기보다 마법이야."
"마법?"
"그래. 9서클의 흑마법인 소울 스톰이지."
"9서클이라고……? 정말이야?"
"그럼, 정말이지. 신룡이 언제 거짓말하는 것 본 적 있어?"
"뭐, 거짓말을 본 적은 없는 것 같네. 그나저나 놀랍네, 9서클이라니……."
"후후, 엄청나지? 내 흑마법 실력은 대단하다고."

당시 우쭐거리며 자신의 마법을 자랑하다가 중간계에 대한 정보까지 탈탈 털어놓은 루가릭스를 떠올린 이안은, 피식 웃으며 작은 목소리로 중얼거렸다.

"어떻게 생각하면 진짜, 루가릭스야말로 내가 여기까지 올 수 있게 만들어 준 일등 공신이란 말이지."

더욱 기분이 좋아진 이안은, 마지막으로 '소울 스톰' 마법의 상세 정보 창을 열어 보았다.

적잖은 기대감을 품고서 말이다.

소울 스톰

등급 : 신화(초월)   **분류** : 언령 마법
마력 등급 : 9서클
가지고 있는 어둠의 기운을 한 번에 토해 내어, 강렬한 어둠의 회오리를 생성합니다.
소환된 어둠의 회오리는 주변의 모든 물체를 빨아들이며, 범위 안에 있는 모든 대상의 어둠 속성 저항력을 -50으로 만듭니다.
5초 이상 소울 스톰의 범위 안에서 빠져나오지 못한다면, 매 초당 시전자 마법 공격력의 25퍼센트만큼의 위력을 가진 어둠 속성 피해를 입게 됩니다.
소울 스톰은 연속으로 세 개까지 소환이 가능하며, 첫 번째 회오리가 소환된 시점으로부터 재사용 대기 시간이 감소하기 시작합니다.
재사용 대기 시간 : 20분
*신룡 '루가릭스'의 고유한 언령 마법입니다.
고유한 언령 마법을 사용할 시 마나 소모량이 절반으로 감소합니다.
*모든 언령 마법에는 캐스팅 시간이 존재하지 않습니다.

암천궁의 심처.

어둠의 하늘을 다스리는, 가장 높은 용족이 기거하는 곳.

'흑룡각黑龍閣'의 주인인 솔바르는 오늘도 무척이나 바쁜 하루를 보내고 있었다.

최근 들어 균열을 통해 거신족들이 쳐들어오는 빈도가 무

척이나 빈번해졌기 때문에, 한 가문의 수장인 그로서는 신경 쓸 일이 많아질 수밖에 없는 것이다.

다른 가문에 비해 실적이 낮기라도 하면 여지없이 용신 세카이토의 잔소리가 날아들 것이었으니, 솔바르는 끊임없이 부대를 편성하여 거신족과의 전쟁에 총력을 기울이고 있었다.

"후우, 이제 슬슬 이번 달 전장 기여도가 나올 때가 되었는데……."

흑룡각의 앞마당으로 나온 솔바르는 그 가운데 둥실 떠올라 있는 커다란 칠흑빛 구슬 앞에 다가섰다.

매달 말일이 되면 세카이토의 전언과 함께 가문별 '전장 기여도'가 이 구슬을 통해 전달되는데, 잠시 후면 바로 세카이도의 전언이 날아들 시간이었기 때문이다.

"흐음, 이번 달은 루가릭스 녀석이 근신하느라 일을 제대로 못했는데……. 꼴찌만 아니었으면 좋겠군."

한차례 입맛을 다신 솔바르는 천천히 구슬에 양손을 올렸다.

그러자 칠흑빛의 구슬에, 보랏빛 기운이 넘실거리기 시작하였다.

"동맹으로 합류한 인간 용사가 제법 괜찮은 실력자인 듯하지만, 그 또한 아직은 별다른 실적을 올리지 못했을 터."

쓴웃음을 지은 솔바르는, 밝아지기 시작하는 구체를 향해 천천히 시선을 고정시켰다.

대충 생각해도 이번 달 실적은 최하위일 것이 분명했기 때문에, 벌써부터 세카이토의 잔소리가 걱정되었다.

"제발 꼴등만 면하자!"

어느새 새하얀 빛을 뿜어내는 구체를 보며, 진심이 담긴 주문(?)을 외는 솔바르.

그런데 잠시 후.

"응······?"

구체에 떠오른 정보를 확인한 솔바르는 두 눈이 휘둥그레질 수밖에 없었다.

"이게, 진짜라고?"

세카이토의 전언 가장 위쪽에 떠올라 있는 전장 기여도 순위 표가, 솔바르가 생각했던 것과는 완전히 다른 양상을 띠고 있었기 때문이다.

-전장 기여도 순위

-1. 암천 : 37퍼센트

-2. 홍염 : 18퍼센트

-3. 성토 : 16.5퍼센트

-4. 빙해 : 15.5퍼센트

-5. 청록 : 13퍼센트

도무지 영문을 알 수 없는 솔바르는 두 눈을 휘둥그레 뜬 채 입만 뻐끔거리고 있을 뿐이었다.

갓 테이머

루가릭스를 테이밍함으로 인해 얻은 모든 보상의 정리가 끝난 이안은, 이제 솔바르를 만나기 위해 흑룡각으로 향했다.

 어쩌다 보니 언령마법 관련 퀘스트에 휘말려(?) 메인 퀘스트를 완수하는 데까지 오랜 시간이 걸렸지만, 어쨌든 모든 조건을 충족했으니 보상을 받으러 온 것이었다.

 그리고 흑룡각의 바로 앞에 도착한 이안은, 골똘한 표정으로 마당을 이리저리 서성이는 솔바르를 만날 수 있었다.

 "솔바르 님, 여기서 뭐 하고 계세요?"

 이안의 물음에, 솔바르가 화들짝 놀라며 고개를 돌렸다.

 "오오, 우리 동맹께서 드디어 돌아오셨군."

 "네, 시간이 조금 오래 걸리긴 했죠?"

 "아닐세. 균열에 처음 들어가면 원래 적응하는 데 제법 시간이 필요하지."

 "맞습니다. 차원 마력에 적응한다고 고생 좀 하긴 했죠."

 솔바르는 이안을 아래위로 한차례 훑어본 뒤 묘한 표정을 지었다.

 그러자 이안이 의아한 표정으로 물었다.

 "왜…… 그러시죠?"

 "으음, 아, 아닐세. 잠깐 생각할 게 있어서 말이지."

 이어서 잠시 뜸을 들인 솔바르는, 다시 입을 열었다.

이안이 자신에게 받아 간 임무를 전부 완수했다는 사실은 이미 알고 있었으니 말이다.

"여하튼 받아 간 임무는 모두 성공적으로 완수한 것 같으니, 그에 대한 보상을 먼저 내어 주도록 하겠네."

"감사합니다."

그리고 이안의 대답이 떨어진 순간.

띠링-!

시스템 알림음이 울려 퍼지며, 동맹의 퀘스트를 완수했다는 메시지가 주르륵 하고 떠올랐다.

-'A. 거신족 정찰병 처치' 임무를 성공적으로 완수하셨습니다!

-'정찰병의 군번줄' 아이템이 소멸됩니다.

-용천주화 3,000냥을 획득하였습니다.

-암천의 공헌도 500을 획득하였습니다.

-'B. 거신족 보급 창고 파괴' 임무를 성공적으로 완수하셨습니다!

……중략……

-'C. 거신족 정찰대장 처치' 임무를 성공적으로 완수하셨습니다!

-용천주화 10,000냥을 획득하였습니다.

-암천의 공헌도 1500을 획득하였습니다.

-추가 조건을 달성하여 추가 보상을 획득합니다.

-명성(초월)을 500만큼 획득하였습니다.

-암천의 공헌도를 1,500만큼 획득하였습니다.

셋 중 하나만 클리어해도 통과할 수 있는 두 번째 시험에서,

모든 난이도의 퀘스트를 전부 다 클리어하고 돌아온 이안.

덕분에 막대한 보상이 이안의 인벤토리에 쏟아져 들어왔지만, 정작 이안은 그 보상들에 별로 감흥이 없는 듯 보였다.

언령 마법 관련 퀘스트를 완수하고 루가릭스까지 성공적으로 길들이면서, 그로 인해 얻은 보상들과 비교하면 너무 부실한 보상에 불과했으니 말이다.

물론 이안이 아닌 다른 이였더라면, 만 단위가 넘는 용천 주화만으로도 눈이 휘둥그레졌을 수준이었지만 말이다.

여하튼, 시스템 메시지들을 빠르게 스캔한 이안은, 솔바르를 향해 다시 입을 열었다.

이제 보상을 받았으니, 다음 연계 퀘스트를 진행할 차례였으니 말이다.

'이번에 능력 증명 두 번째 시험이었으니, 한 번 정도는 연계되는 시험 퀘스트가 더 있겠지?'

일반적으로 이런 종류의 연계 퀘스트의 경우 삼세번은 이어지는 것이 보통.

때문에 이안은 당연히 다음 퀘스트가 있을 것이라 생각하였고, 그에 대해 솔바르에게 운을 떼었다.

"솔바르, 그럼 이제 두 번째 시험은 통과한 거죠?"

그런데 말을 하며 솔바르의 표정을 확인한 이안은 뭔가 이상한 것을 느낄 수 있었다.

방금 전까지 멀쩡하던 솔바르가 적잖이 당황한 표정을 짓고 있었던 것이다.

게다가 솔바르는 이안의 물음에 대답조차 하지 않았다.

"……."

"저기, 솔바르 님……?"

무슨 못 볼 것을 보기라도 한 듯, 하얗게 질려 있는 솔바르의 표정.

이안으로서는 이해할 수 없는 상황이었지만, 사실 이것은 너무나도 당연한 상황이었다.

그는 모르겠지만, 지금 솔바르의 눈앞에는 몇 줄의 시스템 메시지가 떠올라 있었으니 말이다.

그리고 그 메시지들이, 지금 솔바르를 당황하게 만든 이유였다.

바로 다음과 같이 말이다.

-수험자 : 이안

-처치한 거신족 정찰병 : 495/20, 달성률 : 2,475퍼센트

-파괴한 거신족 보급창고 : 27/1, 달성률 : 2,700퍼센트

-처치한 거신족 정찰대장 : 38/1, 달성률 : 3,800퍼센트

-파괴한 북부 전초기지 : 9/1, 달성률 : 900퍼센트

네 가지 조건들 중 하나 이상만 만족하면 통과할 수 있는 시험에서 모든 조건을 충족시킨 데다, 각 항목별로 수백, 수천 퍼센트의 달성률을 달성하였으니, 시험을 낸 솔바르의 입장에서는 놀라지 않는 것이 오히려 이상한 상황.

"대체, 이, 이게……."

이안은 말도 제대로 잇지 못하는 솔바르를 멀뚱히 쳐다보고 있을 뿐이었고, 잠시 후 정신을 차린(?) 솔바르가 다시 입을 열었다.

"대체 어떻게 한 건가, 이안?"

"에……? 뭐가요?"

솔바르는 궁주로서의 체면(?)도 잊은 채, 이안에게 물어볼 수밖에 없었다.

"그, 그러니까……. 내가 내준 임무를 어떻게 진행했냐는 말일세."

"네……?"

"대체 어떻게 했기에 보름도 안 되는 시간 동안 거신족을 친 뒤위가 넘게 치치할 수 있었냐는 말이지."

이안이 처치한 거신족 정찰병은, 500명에 육박한다.

그리고 그것은, 말 그대로 '정찰병'만을 카운팅한 숫자였다.

때문에 자경단부터 시작하여 일반 전사, 보급대까지 포함한다면, 못해도 천 단위 이상은 가볍게 넘어갈 게 분명하였다.

솔바르는 그것을 알기에, 경악을 금치 못한 것이고 말이다.

그리고 그제야 솔바르가 놀란 이유를 깨달은 이안은 멋쩍게 대답하였다.

"뭐, 그야……. 잠 줄여 가며 일했으니까요."

"음?"

"놀 시간, 잘 시간, 먹을 시간 다 줄여 가면서 거신족만 패다 보면 그렇게 되더라고요."

"……!"

별것 아니라는 듯 심드렁한 표정으로 대답하는 이안.

하지만 그 이야기를 들은 솔바르는 이안과 완전히 상반되는 표정을 지었다.

"오오, 그럴 수가……!"

솔바르는 이안의 대답으로 인해, 완벽히 감동받은 표정이 되어 있었으니 말이다.

이안의 대답은, 지금껏 억겁의 시간 동안 거신족들과 전쟁을 벌여 온 솔바르에게도 문화 충격이었던 것.

하지만 솔바르의 감동보다는 다음 퀘스트를 받는 것이 시급했던 이안은 그를 다시 재촉하였다.

"어쨌든, 솔바르 님."

"말씀하시게."

"저, 시험은 통과한 것 맞죠?"

"당연하네."

"그렇다면 이제 얼른 다음 시험을 주시죠. 빨리 임무 받아서 일하러 가야 되니까요."

이안의 말을 들은 솔바르는 곧바로 그의 말에 대답하지 않았다.

아직까지 능력 증명 시험 과제는 두세 단계가 더 남아 있었지만, 과연 이것이 이안에게 의미 있는 과정인가 생각해 보게 된 것이다.

그 과제들을 이안의 능력으로 해결하지 못할 리도 없었거니와, 만에 하나 그 과제에서 실패한다고 한들 이안 같은 인재를 내친다는 것은 말도 되지 않는 것이니 말이었다.

하여 생각을 정리한 솔바르가 천천히 다시 말을 이었다.

"자네의 말처럼 본래 다음 시험 과제를 내어 주어야 하나……."

"……?"

"이번만은 특별히 예외로 두겠네."

"네? 그게 무슨 말이죠?"

솔바르는 영문을 몰라 어리둥절한 표정이 되어 있는 이안의 두 손을 덥석 움켜쥐며, 다시 입을 떼었다.

"남은 시험 따위, 궁주의 직권으로 다 생략하도록 하지. 부디 우리 암천의 동맹이 되어 주시게나."

"……!"

그리고 그렇게, 이안은 메인 퀘스트 몇 단계를 건너뛸 수 있게 되었다.

띠링-!

-조건이 충족되었습니다.

-'능력을 증명하라 Ⅲ' 퀘스트가 완료되었습니다!

-'능력을 증명하라 Ⅳ' 퀘스트가 완료되었습니다!

-'능력을 증명하라 Ⅴ' 퀘스트가 완료되었습니다!

-퀘스트의 보상을 일괄 수령합니다.

-암천의 공헌도가 5,500만큼 상승합니다.

-명성(초월)이 1250만큼 상승합니다.

-'용천주화 15,000냥'을 획득하였습니다.

"어어……?"

-모든 조건이 충족되었습니다.

-용의 가문, '암천'의 정식 동맹으로 승격되었습니다.

조금 당황하기는 하였으나 이안은 금방 적응하였다.

이렇게 퀘스트를 뛰어넘는 것이, 이번이 처음은 아니었으니 말이다.

'뭐, 이러면 나야 꿀이지!'

보상을 전부 수령한 이안의 입에 싱글벙글 미소가 걸렸다.

본래 빠르게 능력증명 연계 퀘스트를 전부 해결하고 다음 스텝을 향해 움직일 생각이었으나, 솔바르 덕에 시간이 많이 단축되었으니 말이다.

'이제 지저地底 세계를 평정하러 움직일 차례인가?'

거인들의 땅, 지저 세계.

그곳을 떠올리자, 이안의 머릿속에 자연히 한 남자의 얼굴이 추가로 떠올랐다.

바로 균열의 거신족 거점 창고에 갇혔다가 이안의 아량(?) 덕에 풀려난 뒤 뒤도 돌아보지 않고 줄행랑을 쳤던 한 명의 마족 랭커.

"아레미스, 그 친구는 잘 있으려나?"

이어서 무슨 생각을 떠올린 것인지, 이안은 히죽 웃으며 걸음을 옮기기 시작하였다.

용들의 땅과 거신들의 땅은, 완전히 다른 성격을 가진 차원이었으나, 한편으론 동전의 양면처럼 닮아 있는 곳이었다.

그도 그럴 것이 카일란 기획 팀에서 동등한 수준의 등급으로 양 진영을 위해 기획한 콘텐츠이다 보니, 아무래도 구조가 비슷할 수밖에 없는 것이다.

용들이 땅인 용천이 소천과 중천, 대천으로 나뉘어 있다면, 거신들의 땅인 엘라시움은 지상과 지저, 그리고 지옥으로 나뉘어 있었으니, 말 그대로 대칭형 구조라 할 수 있었다.

그리고 지금 이안이 뻔질나게 드나들고 있는 균열은, 용천의 중단中段인 중천과, 엘라시움의 중단인 지저를 이어 주는 통로 같은 곳이었다.

하여 거신족과 용족은 이 통로를 통해 전쟁을 이어 가고 있었고, 그 전쟁에 참전하여 많은 공적을 세울수록, 더 많은 보상을 획득할 수 있는 곳이 바로 이 콘텐츠의 기획 의도였다.

그리고 지금 이 균열에는, 그 기획 의도를 누구보다 착실히(?) 수행 중인 한 유저가 있었다.

물론 조금 많이(?) 과한 면이 있기는 했지만 말이다.

"어디 보자……. 지저로 통하는 입구가 그러니까 이쪽이라는 거지?"

이제는 균열을 제집 안방 드나들 듯 드나드는 이안은, 균열의 지도를 펼쳐 놓은 채 길을 찾기 시작하였다.

균열이 워낙 넓어서 아직 모든 구역에 가 본 것은 아니었지만, 아레미스로부터 공유받은 지도 덕분에 지저로 통하는 좌표까지는 훤하게 알 수 있었던 것이다.

-키아아오-!

포효하는 아이언을 타고 순식간에 균열 깊숙한 곳까지 이동한 이안은, 앞길을 막는 거인 몇몇을 가볍게 제압하였다.

"침입자다! 놈을 막아!"

"커헉……!"

"인간 놈이 성스러운 엘라시움의 땅에 들어서려 한다, 막아라!"

"크허억!"

균열 깊숙한 곳이라 해도 거점이 아닌 이상 대부분 거신 정찰병들이었기 때문에, 이안은 다른 소환수들을 소환하지 않고도 가볍게 제압할 수 있었다.

"덩치는 산만한 것들이 말이 왜 이렇게 많아?"

"크윽!"

"좋은 템 드롭할 거 아니면 저리 가."

"케엑!"

맥시멈 수치인 150까지 차원 마력 저항력을 올린 이안에게, 이제는 거의 놀이터가 되어 버린 균열.

하지만 지저로 통하는 통로가 가까워지기 시작하자, 이안의 머릿속에 문득 한 가지 잊고 있었던 부분이 떠올랐다.

'그나저나 지저에 들어가면, 이제 차원 마력 버프는 받을 수 없겠네?'

그리고 그 사실을 떠올린 이안은, 아쉬운지 입맛을 다셨다.

"쩝."

균열에서는 한계치를 넘은 저항력 덕에 오히려 버프를 받고 있었는데, 거인들의 땅으로 넘어가면 이 버프를 받을 수 없으니 사냥 효율이 떨어질 게 눈에 밟히는 것이다.

하지만 그렇다 해도, 이안은 지저에 가지 않을 수 없었다.

지금 이안이 가지고 있는 수만 단위가 넘는 지저금화를 가장 효과적으로 사용하려면, 쟈크람 마을을 한 번쯤은 꼭 가야했으니 말이다.

'용맹의 팬던트에 분명 쟈크람 마을로 들어갈 수 있는 열쇠라고 쓰여 있으니, 인간이라 해서 못 들어가거나 하진 않겠지.'

이런저런 생각들을 머릿속에서 떠올리며, 균열의 깊고 깊은 곳을 향해 계속해서 비행하는 이안.

그리고 그렇게 30분 정도가 더 지났을까?

띠링-!

익숙한 시스템 알림음과 함께, 이안의 눈앞에 기다렸던 메시지가 떠올랐다.

-거신들의 땅, '엘라시움'으로 통하는 통로를 발견하였습니다!

-명성(초월)을 500만큼 획득하였습니다!

-엘라시움의 중단, 지저 세계로 이동할 수 있습니다.

이어서 메시지를 확인한 이안의 얼굴에는, 새로운 콘텐츠에 대한 기대감이 짙게 피어오르기 시작하였다.

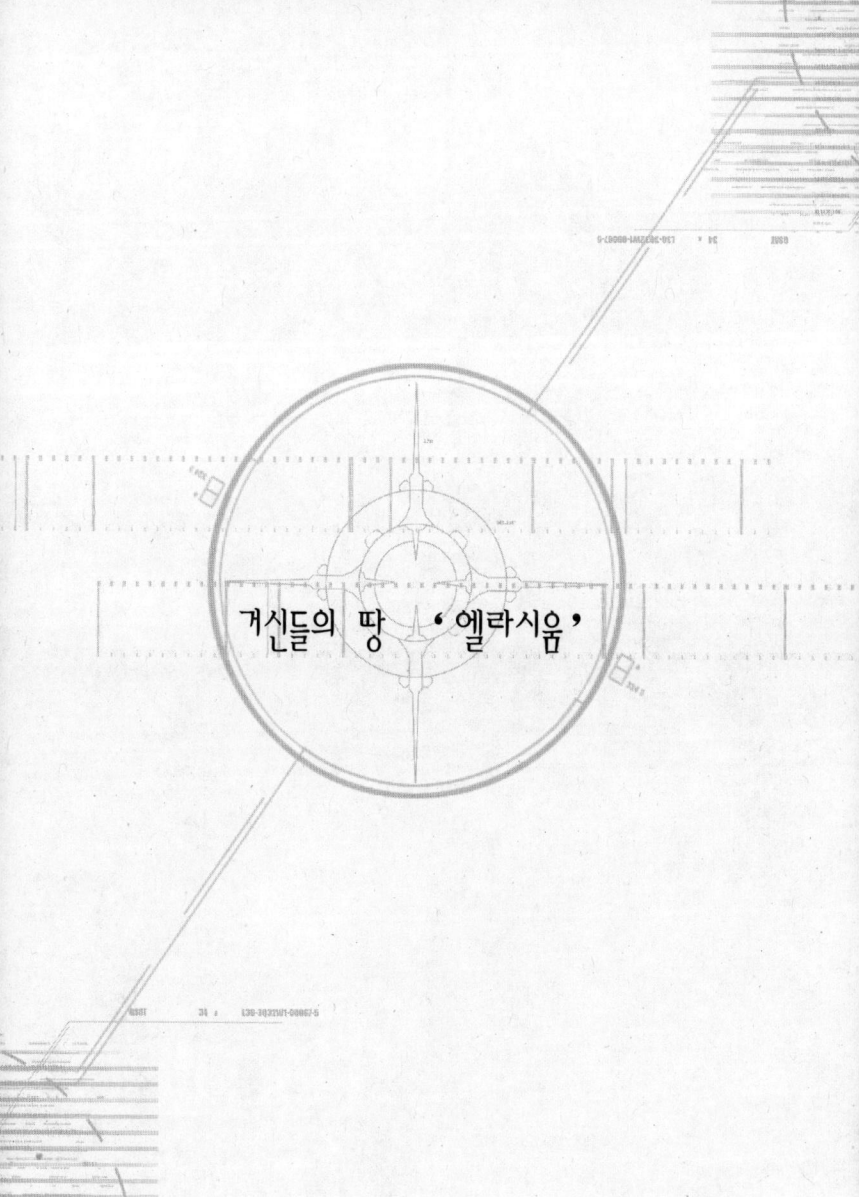

거신들의 땅 '엘라시움'

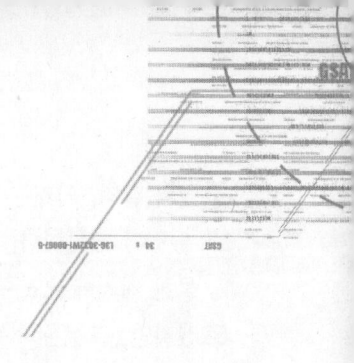

엘라시움.

정확히는 지저 세계에 성공적으로 발을 들인 이안은, 반사적으로 주변 환경을 빠르게 둘러보았다.

아레미스로부터 공유받은 지도 덕에 대략적인 맵의 구조는 미리 파악할 수 있었지만, 그렇다고 해도 지도로 보는 것과 실제로 보는 것 간의 차이는 제법 컸으니 말이다.

"으음……."

그리고 빠르게 판단을 마친 이안은, 일단 아이언에서 내려섰다.

"홋차-!"

맵 자체가 아래위로 미친 듯이 길게 이어진 절벽의 형태인 균열과 달리, 지저는 일반적인 맵처럼 수평적인 구조를 가지고 있었기 때문이다.

물론 지저에서도 아이언을 타고 비행하는 것이 훨씬 더 빠르겠지만, 그것은 너무 위험한 선택일 수 있었다.

적아敵我의 비율이 반반이었던 균열과 달리 이곳 지저는 완벽한 적진이었으니 말이다.

게다가 맵의 구조 외에는 모든 정보가 전무한 상태이다 보니, 언제 어디서 강력한 적이 튀어나와도 이상하지 않은 상황.

이런 상황에서 하늘을 비행한다면, 적들의 표적이 되기 딱 좋을 것이었다.

척- 처척-!

이안이 바닥에 내려서자, 그 뒤에 각각 핀과 까망이를 타고 있던 두 사신들도 따라서 바닥에 내려섰다.

이어서 이안은, 아이언을 제외한 모든 소환수들을 전부 소환 해제하였다.

우우웅-!

테이밍 마스터 직업의 티어가 4티어가 된 이후 소환 해제에 대한 부담은 많이 줄어든 상태였다.

"일단 싸움은 피하면서, 최대한 조심해서 움직여. 우선 '붉은 바위산'까지 거신들에게 들키지 않고 이동하는 게 가장 중요하니까."

이안의 오더에 카이자르와 헬라임이 고개를 끄덕이며 대

답하였다.

"알겠다. 그러도록 하지."

"명을 받듭니다."

스슥- 슥-!

이안이 움직이면 그 뒤를 헬라임과 카이자르가 따르고, 이어서 날개를 접은 아이언이 조용히 그 뒤로 따라붙는다.

그리고 그런 그들의 움직임은, 거신들의 눈에 잘 띄지 않았다.

지저의 지형 자체가 엄폐물로 쓸 만한 지형지물이 많은 험준한 형태인 데다, 거신들의 덩치가 워낙 거대한 탓에 숨어서 이동하는 것이 비교적 수월했던 것이다.

이안은 아레미스로부터 공유받은 지도를 지속적으로 살피며, 이동 경로를 꾸준히 체크하였다.

적진 한가운데서 길을 잃는 것은 사양하고 싶었으니 말이다.

'붉은 바위산이라……. 이름 그대로의 외형을 가진 지역이면, 저 쪽에 보이는 커다란 산맥을 말하는 것 같은데…….'

이안은 몸을 숨긴 바위 더미 사이로 멀찍이 보이는 붉은 봉우리를 응시하였다.

아무래도 '쟈크람 마을'의 위치가 표기되어 있는 붉은 바위산은, 저 험준한 산맥이 맞는 듯싶었다.

'균열과 그리 멀지 않아서 다행이야. 이 정도라면, 무슨 일

이 생겼을 때 충분히 도주할 수 있을 만한 거리군.'

엘라시움에 발을 들인 뒤.

이안이 지금까지 이동한 시간은 대략 20여 분 정도였다.

그리고 아마 멀찍이 보이는 바위산까지 도착하려면, 2~30분 정도는 더 소요될 터.

하지만 그것은 거신족들의 눈을 피해 육로로 이동했기 때문에 걸린 시간일 뿐, 아마 직선 거리로 비행한다면 10분 만에 주파할 수 있을 것이었다.

'일단 아직까지는 순조로운 것 같고…….'

목적지를 향해 움직이면서도 끊임없이 머리를 굴려 상황을 정리하는 이안.

그리고 잠시 후.

띠링-!

간결히 떠오른 두세 줄의 메시지와 함께, 이안은 붉은 바위산에 도착할 수 있었다.

-'붉은 바위산' 지역에 입장하였습니다.

-'염왕의 가문'의 영토입니다.

-위험지대에 진입하였습니다.

지저의 지형은, 전반적으로 무척이나 험준하다.

깊게 파인 절곡부터 시작하여 높다랗게 뻗어 있는 산맥까지, 평탄하게 이어지는 평지를 찾기 힘든 수준으로, 지저의 지형은 굴곡이 심했다.

그리고 그 때문인지, 지저의 지역을 지칭하는 명칭의 뒤에는, 죄다 산山이나 곡谷이라는 글자가 붙어 있었다.

용천의 지역 이름 뒤에 천天이라는 글귀가 붙는 것처럼 말이다.

붉은 바위산, 검은 달의 협곡, 사령의 바위산 등등.

그리고 붉은 바위산의 바로 뒤편에 이어져 있는 '사령의 바위산'에는, 수많은 마족 랭커들이 모여 있는 캄푸스 마을이 자리 잡고 있었다.

"역시나 다들 모이셨군요. 이 정도 인원이라면 아무리 이안이라도 빠져나가기 쉽지 않을 겁니다."

캄푸스 마을의 공터.

그 구석에 놓인 작은 단상에 오른 아레미스는, 공터에 모여 있는 랭커들을 둘러보며 흡족한 미소를 짓고 있었다.

'후후, 당장 공터에 모인 인원만 열둘. 추가로 연락이 닿은 인원까지 합하면 총 열 일곱 정도는 모이겠어.'

아레미스가 마족 랭커들을 한자리에 모은 이유는 당연히 하나였다.

그에게 수모를 안겨 준 이안에게 복수를 하기 위함.

균열에서 도망나온 이후 아레미스는 지속적으로 균열로

이어지는 통로 근처에서 머물고 있었고, 덕분에 이안이 균열을 넘어 지저로 들어오는 것을 목격할 수 있었다.

'이안 녀석은 일부러 시간차를 두고 늦게 넘어온 듯하지만, 이 아레미스 님의 끈기를 너무 얕봤어.'

이안은 처음 아레미스가 예상했던 것보다 거의 사나흘 정도 늦게 나타났다.

때문에 아레미스는, 이안이 그의 복수를 피하기 위해 일부러 늦게 나타난 것이라 생각한 것이다.

물론 이안은 신경조차 쓰지 않는 상황이었고, 아레미스는 그저 망상을 펼치고 있을 뿐이었다.

"아레미스, 이안 녀석이 쟈크람 마을로 향하고 있다는 게 사실이야?"

공터에 모인 랭커 중 하나가 묻자, 아레미스는 망설임 없이 고개를 끄덕이며 대답하였다.

"그렇다니까. 내가 방금 지저로 통하는 입구에서 이안이 들어오는 걸 확인했고, 보자마자 연락 돌리고 나서 이쪽으로 워프 탄 거라고."

"흠……."

"이안, 그놈이 미치지 않고서야 대체 왜……?"

마족의 랭커들에게 있어서, 이안은 그야말로 탐나는 먹잇감이었다.

때문에 그를 잡을 수 있는 이런 절호의 기회는, 진행 중이던 퀘스트마저 잠시 중단할 수 있을 정도로 그들에게 매력적인 것이었다.

좌중을 한 차례 둘러본 아레미스가 은근한 목소리로 다시 입을 열었다.

"다시 말하지만, 친구들. 내가 원하는 건 딱 하나야. 이안 그놈에 대한 복수."

"……."

"녀석이 드롭한 아이템이나 재화는 하나도 필요 없어. 그러니까 녀석을, 확실하게 죽여 주기만 하라고."

아레미스의 말에, 랭커들은 자신감 넘치는 표정으로 고개를 끄덕였다.

이안이라는 세계 랭킹 1위급 유저를 곧 상대할 예정이었음에도 불구하고, 그들의 표정에는 별다른 긴장감 같은 것이 느껴지지 않았다.

균열에 널려 있는 용족 정찰병들을 상대하러 갈 때보다도 오히려 여유 넘쳐 보이는 표정들.

"아레미스, 뭐 그렇게 어려운 일이라고 자꾸 그리 강조를 하는 거야?"

"그러게 말이야. 이안 그놈이 아무리 대단하다 해도, 우린 지금 열 명이 넘는 숫자라고. 그놈 하나 제압하지 못하면, 캐릭터 삭제하고 접어야지."

"크크, 아레미스가 이안 놈에게 한번 당하더니, 아주 쫄보가 되어 버렸어, 쫄보가."

"크히히히."

자신을 조롱하며 킬킬거리는 랭커들을 본 아레미스는 인상을 팍 하고 구겼다.

자신을 놀리는 데 대하여 기분이 나쁜 것은 전혀 아니었지만, 이들이 너무 안일하게 생각하는 것 같다 느꼈기 때문이었다.

"후우, 잘 들어, 친구들. 나는 우리가 그놈 하나 상대하지 못할까 봐 이렇게 신신당부하고 있는 게 아니라고."

"그럼?"

"너무 안일하게 대처하다가, 녀석이 균열 안쪽으로 도주하는 걸 막지 못할까 봐 그게 걱정인 거지."

하지만 아레미스의 설명에도 불구하고, 다른 랭커들의 표정은 그저 심드렁할 뿐이었다.

"걱정 마, 아레미스. 균열까지 도망치도록 그냥 두지도 않을 거지만, 그쪽으로 도망가도 별다른 수는 없을 테니까 말이야."

미국서버 랭커 테오스의 말에, 아레미스가 곧바로 반문하였다.

"그건 또 무슨 말이야?"

"이건 나름 고급 정보라 원래 얘기 안 하려고 했는데……."

잠시 뜸을 들인 테오스의 설명이 이어졌다.

"사실 조금 전부터, 거신족 가문들의 연합군 병력이 균열로 향하기 시작했거든."

"응?"

"며칠 전까지 용족들의 공격으로 피해가 너무 막심해서 그런지, 거신께서 분노하신 모양이더라고."

"아……!"

"아마 이안이 우릴 피해 균열로 도망칠 쯤이면, 균열의 입구에는 마력의 거인들만 수십 기가 넘게 배치되어 있을 거야. 이안이 이미 엘라시움에 들어온 이상, 죽지 않고는 되돌아갈 방법이 없어졌다는 말이지."

테오스의 말이 끝나자, 아레미스의 얼굴은 눈에 띄게 밝아졌다.

이안이 도주하는 최악의 상황만큼은, 어떻게든 피했다는 확신이 든 것이다.

하지만 그렇다고 해도, 이안이 균열까지 도망가서 거신족 군대에 의해 죽는 것은 차선일 뿐이었다.

어쨌든 아레미스의 분이 완전히 풀리기 위해서는, 본인이 직접 쟈크람 마을 앞에서 그를 때려잡아야 했으니 말이다.

"그런 일이 있는 줄은 몰랐네. 알려 줘서 고마워, 테오스."

"별말씀을."

이어서 한차례 깊게 심호흡한 아레미스는 마지막으로 랭커들을 향해 말하였다.

"이안은 지금쯤 아마 쟈크람 마을 근처까지 도착했을 거야. 때문에 지금 당장 녀석을 덮치는 건 불가능해."

쟈크람 마을은 엘라시움의 안에 있지만, 그것과 별개로 중립지대 같은 느낌의 마을이었다.

그곳은 거신들의 성역과 같은 장소였기 때문에 모든 종류의 전투가 금지되어 있었던 것이다.

때문에 아레미스의 계획은 쟈크람 마을 주변에 매복하여 이안이 그 바깥으로 나오기를 기다리는 것이었다.

"이안이 마을 밖으로 나오면 곧바로 녀석을 덮칠 거야. 먼저 녀석이 다시 마을 안으로 들어갈 수 없게 퇴로를 막은 다음에, 동시에 협공해서 녀석을 제압해야 해."

그것을 시작으로, 아레미스가 작전 설명을 이어 갔다.

그리고 그것을 전부 들은 랭커들은 저도 모르게 고개를 끄덕일 수밖에 없었다.

이렇게까지 치밀하게 움직인다면, 이안이 빠져나갈 길은 어디에도 없을 것 같았기 때문이었다.

그리고 그렇게 이야기가 끝난 마족 랭커들은, 빠르게 붉은 바위산으로 이동하기 시작하였다.

한편 마족 랭커들이 이러한 작당모의를 하고 있는 사실을 알 턱이 없는 이안은, 콧노래를 부르며 붉은 바위산을 넘고 있었다.

"흐흐, 역시 지도가 있으니까 순식간이구먼. 저기 저쪽에 보이는 마을이 쟈크람 마을인가 보네."

지역 이름처럼 붉은 바위로 가득한 붉은 바위산 봉우리에 오른 이안은, 반대편 봉우리의 중턱에 자리 잡고 있는 작은 마을을 발견할 수 있었다.

마을까지 가는 길에 위협적으로 생긴 용암거인들이 득실거리기는 하였지만, 그것은 큰 걸림돌이 아니었다.

지금까지처럼 엄폐물을 잘 이용해 이동한다면, 얼마든지 둔한 거인들의 눈을 속일 수 있을 테니 말이다.

'이렇게 되면 문제는 저 쟈크람 마을 입구를 지키는 경비병인데…….'

쟈크람 마을에 다가갈수록, 이안의 눈에 경비병의 모습이 구체적으로 보이기 시작하였다.

그리고 가까이서 녀석을 확인한 이안은, 살짝 당황한 표정이 될 수밖에 없었다.

마을의 입구를 지키고 있는 두 명의 경비병들의 풍채가 예사롭지 않았기 때문이었다.

'무슨 경비병들 생김새가 저래? 착용하고 있는 장비들을 보면 무슨 대장군이라고 해도 믿겠는데?'

평범한 거신족들과 달리, 쟈크람 마을의 경비병들은 덩치가 작은 편이었다.

일반적인 사람의 두세 배 정도의 덩치를 가지고 있었으니, 거인들에 비하면 확실히 작은 것이다.

하지만 그것과 별개로 이안의 눈에 그들은 지금까지 만난 거신족 NPC들 중 가장 강력해 보였다.

'어쩌나……. 무력으로 뚫고 들어가는 건 왠지 위험해 보이는데, 용맹의 펜던트를 한번 믿어 보는 수밖에 없나?'

용맹의 펜던트에는 분명, 그것을 지닌다면 쟈크람 마을에 입장할 수 있을 것이라고 쓰여 있었다.

그리고 아이템 정보창이 거짓을 말할 리는 없었으니 이안은 그것을 믿어 보기로 하였다.

'그래, 뭐. 정 안 되면 한번 싸워 보고, 아니다 싶으면 튀면 되지.'

마음을 편히 먹은 이안은 자연스런 걸음걸이로 마을 입구를 향해 다가가기 시작하였다.

저벅- 저벅-.

그리고 잠시 후, 태연한 표정으로 경비병을 향해 인사하였다.

"안녕하세요, 아저씨? 고생이 많으십니다!"

뻔뻔하게 경비병을 향해 인사한 이안은 성큼성큼 마을을 향해 걸음을 옮겼다.

하지만 겉으로 보이는 것과 달리, 지금 이안은 매우 긴장한 상태였다.

이안이 인사한 순간 입구에 있던 두 경비병의 시선이 이안에게로 움직였고, 눈이 마주친 순간 그들의 초월 레벨을 확인할 수 있었던 것이다.

쟈크람 마을 경비병 우라쿤
레벨 : 92(초월)

쟈크람 마을 경비대장 카르간
레벨 : 97(초월)

'아니, 경비병들 상태가 대체 왜 이래……?'

하지만 그렇다고 해서, 이안은 가던 걸음을 되돌릴 수 없었다.

쾌활하게(?) 인사까지 한 마당에 쫄아서 되돌아 도망친다면 저 무시무시한 경비병들이 이안을 그대로 보내 줄 리 만무한 것이다.

아마 저 근육들을 불끈거리며, 미친 듯 쫓아올 게 분명했다.

이미, 기호지세의 상황이 되어 버린 것이다.

저벅- 저벅- 척-!

경비대장 카르간과 경비병 우라쿤.

이안에게 다가온 두 NPC들이 고개를 갸웃거리며 입을 열었다.

　－흐음. 못 보던 얼굴인데, 마을엔 무슨 볼일이 있어서 온 것이지?
　－기분 나쁜 냄새와 기분 좋은 냄새가 공존하는 녀석이군.
　그리고 그들의 말을 들은 이안은, 일단 한시름 놓을 수 있었다.
　아직 통과된 것은 아니었으나, 어쨌든 이안을 보자마자 다짜고짜 공격한 것도 아니었으니 용맹의 펜던트를 보여 주며 잘 얘기한다면, 충분히 무사 입성할 수 있을 것이라 생각한 것이다.
　이안은 너스레를 떨며 말을 잇기 시작하였다.
　"아하핫, 엘라시움에 들어온 지 얼마 되지 않는 새내기 용사입니다. 이곳 붉은 바위산에 용맹한 용사들의 마을이 있다는 이야기를 듣고 왔습죠."
　이안은 아직 쟈크람 마을이 뭘 하는 곳인지도 정확히 모른다.
　다만 가지고 있는 재화인 지저금화를 소모할 창구가 필요했는데, 거신족의 마을이 아니면 사용할 곳이 없었으니 일단 거신족들의 진영에 있는 마을이면서 들어갈 수 있는 단서를 찾은 이곳에 다짜고짜 찾아온 것이었다.
　해서 이안이 가지고 있는 정보라고는 오직 펜던트에 쓰여 있던 정보들뿐.
　하지만 얼굴에 능숙하게 철판을 깐 이안은, 제법 그럴듯한 이유를 대는 데 성공하였다.

-용맹한 용사들의 마을이라……. 후후, 뭐, 틀린 말은 아니군. 이곳 쟈크람 마을을 지키는 영령英靈들은 용맹과 명예를 갖춘 용사들이었으니 말이야.

-대장님, 똑똑한 친구 같은데, 들여보내 줄까요?

-흠, 그렇기는 하지만, 확인할 건 확인해야지.

잠시 저들끼리 대화를 나누던 경비병 둘은 다시 이안을 향해 시선을 옮겼고, 둘 중 경비대장 카르간이 입을 열었다.

-자네, 새내기 용사라 했지?

그의 물음에, 이안은 재빨리 대답하였다.

"그렇습니다."

-그렇다면 용맹의 증표를 분명 가지고 있을 터. 그것을 보여 준다면 마을 안쪽으로 들어갈 수 있도록 길을 열어 주겠네.

"……!"

순간 '증표'라는 말에 살짝 당황했지만, 이안은 그것이 용맹의 펜던트를 의미한다는 것을 금방 알아차렸다.

이어서 미리 준비해 두었던 펜던트를 카르간을 향해 내밀었다.

"여기 있습니다, 경비대장님. 이걸 말씀하시는 게 맞죠?"

이안으로부터 펜던트를 받아 든 카르간은 그것을 이리저리 훑어보았다.

그리고 잠시 후, 고개를 끄덕이며 이안의 물음에 대답하였다.

-맞다. 이 펜던트라면 충분히 증표가 될 수 있지.

"하핫."

-딱히 장난질 친 흔적은 보이지 않는군. 좋아, 안으로 들어가도록 허락해 주마.

"감사합니다!"

경비대장이 내민 펜던트를 다시 받아 든 이안은, 혹시 그의 마음이 바뀌기라도 할 새라 종종걸음으로 마을의 안쪽을 향해 걸어 들어갔다.

'흐흣, 무사 입성 성공했고!'

이어서 이안이 마을의 경계선을 넘는 순간…….

띠딩-!

시스템 알림음과 함께, 이안의 눈앞에 새로운 메시지가 주르륵 하고 떠올랐다.

-지저세계 고대 거신족 영령들의 마을, '쟈크람 마을'에 입장하셨습니다.

-'쟈크람 마을'은 거신족들의 성역聖域입니다.

-'쟈크람 마을'에서는 공격적인 행동을 할 수 없습니다.

-'인간' 종족 유저 중 최초로 쟈크람 마을에 입장하였습니다.

-명성(초월)이 1,000만큼 상승합니다.

-12시간 동안, 쟈크람 마을의 모든 물건을 80퍼센트의 가격으로 구매할 수 있습니다.

그리고 메시지를 확인한 이안은, 이제 완전히 안도할 수 있었다.

'휘유, 중립 지역이라……. 이렇게 되면 마음이 훨씬 편해지잖아?'

적진 한복판이라는 리스크야 항상 남아 있지만, 그래도 이 마을 안에만 있으면 안전이 보장되는 것이니 조금은 더 마음 편하게 일을 볼 수 있게 된 것이다.

'물건도 싸게 살 수 있겠다, 좋아, 오늘 여기서 지저금화는 싹 다 쓰고 가겠어.'

한층 기분이 좋아진 이안은, 인벤토리를 열어 보유중인 지저금화를 한번 확인해 보았다.

-보유 중인 재화

-용천주화 : 373,981냥

-지저금화 : 672,983냥

그러고는 절레절레 고개를 저으며 중얼거렸다.

"내가 거신족을 많이 때려잡긴 했네……. 어떻게 용천주화보다도 지저금화가 훨씬 많을 수가 있지?"

하지만 어쩌면 이것은, 기획자가 이안에게 물어보고 싶었던 질문일지도 몰랐다.

쟈크람 마을은 작고 아담한 마을이었다.

입구 안쪽으로 들어서자마자 마을 내부의 건물 전부가 한 눈에 들어올 정도였으니, 작고 귀여웠던 라페르 일족의 거점과 비교하더라도 절반 수준밖에 되지 않는 작은 마을이었던 것이다.

하지만 그것과 별개로, 건물 하나하나의 외형은 무척이나 멋들어졌다.

오색찬란한 신비로운 광휘가 뿜어져 나오는 첨탑부터 시작하여, 고풍스럽게 디자인된 고서점까지.

디자인에 별다른 관심이 없는 이안조차도 자신의 왕국에 지어 보고 싶다는 생각이 들 정도로, 건물들의 외형 퀄리티는 상당히 뛰어났다.

"호오, 제법 멋지잖아!"

하시만 그러한 감탄도 잠시, 마을의 건물들을 하나씩 들어가 보던 이안은 점점 더 불안한 표정이 되기 시작하였다.

처음 고서점에 들어가 고대 거신족의 이야기가 담긴 책을 읽을 때만 해도 기분이 좋았는데, 다섯 번째 건물쯤 들어갔다 나온 이안의 표정은, 무척이나 어두워져 있었다.

"이게 아닌데……. 설마 마을에 돈 쓸데가 하나도 없는 건 아니겠지?"

마을에 있는 총 일곱 개의 건물 중 다섯 개를 이 잡듯 뒤졌음에도 불구하고, 뭔가를 판매하는 상인을 찾을 수가 없었으니 말이다.

'아냐, 그럴 리는 없을 거야. 그랬더라면 최초 발견 보상으

로 물건이 할인된다는 메시지가 떴을 리 없잖아?'

불길한 생각을 머릿속에서 지워버린 이안은, 짧게 심호흡을 한 뒤 다음 건물에 들어섰다.

이번에 걸음을 들인 건물은, 다른 건물들과 달리 특이하게 반지하로 설계되어 있었다.

끼익-!

듣기 거북한 마찰음과 함께 조심스레 문을 밀어 연 이안은, 두리번거리며 안을 살피기 시작하였다.

그리고 잠시 후, 뭔가를 발견한 이안의 눈이 반짝였다.

'찾았다! 저 녀석은 딱 봐도 뭔가 팔게 생겼잖아?'

조금 음침한 분위기라는 것만 제외하면, 한눈에 보아도 상점의 매대처럼 생긴 구조를 가진 건물 내부.

그리고 그 안쪽에서 꾸벅꾸벅 졸고 있는 한 명의 NPC.

쟈크람 고대 상인 로로크
레벨 : 알 수 없음

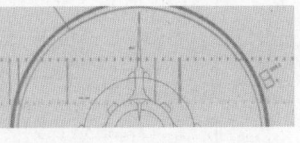

그를 발견한 이안은 신이 나서 그 앞으로 다가섰다.

하지만 이안이 바로 앞까지 다가섰음에도 불구하고, '로로크'라는 이름의 NPC는 계속해서 졸기만 하였다.

"……!"

이안은 혹여 녀석의 심기를 건드리기라도 할까, 조심스럽게 그를 흔들어 깨웠다.

"저기요, 아저씨! 혹시 많이 피곤하세요?"

"드르렁."

"조금 졸리시더라도, 잠깐만 장사하고 다시 주무시면 안 될까요?"

"푸우우."

"후……."

그리고 잠시 후, 이안의 인내심이 슬슬 바닥날 무렵.

"으아앗-!"

갑자기 뜬금없이 괴성을 지른 '로로크'가 자리에서 벌떡 일어났다.

그러고는 주변을 휙휙 돌아보며, 다급한 목소리로 입을 열었다.

"혹시 염왕께서 다녀가신 건 아니지? 그렇지?"

영문을 모르는 이안은, 어이없다는 표정으로 그의 물음에 대답하였다.

"그게 누군지는 모르겠지만, 여기에 나 말고 누가 온 것 같지는 않으니 걱정 않으셔도 될 것 같네요."

"휘유……."

이안의 대답에 가슴을 크게 쓸어내린 로로크가 작은 목소리로 중얼거렸다.

"염왕님 손에 머리채를 잡혀서 지옥으로 끌려 내려가는 꿈을 꿨어."

"……."

"지옥 세계에 있는 상점에서는 하루에 8시간씩이나 일해야 한다던데……. 괜히 지옥이 아닌 거지."

"무슨 루가릭스 같은 소리를……."

이안은 고개를 절레절레 저으며, 어이없다는 표정으로 로로크를 쳐다보았다.

하지만 이안에게, 로로크의 게으름에 참견할 시간 같은 것은 없었다.

"저, 아저씨……."

"으응……?"

"아저씨가 지옥같이 게으른 건 알겠는데, 그래도 장사는 하셔야죠."

"흐음, 귀찮은데……."

"염왕님께 일러도 됩니까?"

"으아아악-!"

이안의 공갈협박에 소스라치게 놀란 로로크는, 멋쩍게 웃으며 고개를 절레절레 저었다.

"아하핫, 이 친구, 농담을 진담으로 받아들이면 어떻게 하나. 어서 물건을 골라 보시게. 괜히 염왕님께 가서 이상한 소리 할 생각은 말고 말이야. 으흐흣."

이안은 허둥거리는 로로크를 보며, 저도 모르게 실소를 흘렸다.

'이 아저씨 참……. NPC지만 캐릭터 하나는 확실하게 잡혔네.'

그리고 로로크를 안심(?) 시켜주기 위해, 몇 마디를 덧붙였다.

"아, 알겠어요 아저씨. 역시 농담이었던 거죠?"

"그럼, 그럼!"

"염왕님께 고할 일은 없을 테니까, 좋은 물건들로 한번 보여 줘 봐요. 물건이 마음에 들면, 제가 염왕님께 가서 아저씨 칭찬 엄청 해 드릴게요."

"오옷……! 이제 보니 이거, 뭘 좀 아는 친구였구먼그래!"

이안은 당연히 로로크가 말하는 염왕이 누군지도 몰랐지만, 너스레를 떨며 대화를 이어 나갔다.

그리고 잠시 후.

띠링-!

이안의 눈앞에, 쟈크람 상점의 판매 품목이 주르륵 하고 나타나기 시작하였다.

"한번 골라 보시게나. 물건들 값이 싸지는 않지만, 대부분 여기가 아니면 구할 수 없는 귀중한 물건들이지."

로로크의 말에 고개를 끄덕인 이안은, 찬찬히 물건들을 살펴보았다.

물건의 종류는 무척이나 다양하였고, 그의 말처럼 뭐 하나

평범해 보이는 것이 없었다.

물론 싸구려도 없었고 말이다.

'어휴, 가격이 죄다 10만 냥 이상이네. 금화 파밍 제법 많이 했다고 생각했는데…….'

하지만 기대감 넘치던 이안의 표정은, 점점 더 아쉬운 표정으로 변하기 시작하였다.

상점에서 파는 장비들의 경우 이안이 봐도 탐이 날 만큼 뛰어난 물건들이었다.

하지만 그런 뛰어난 물건일수록 마족 유저 전용 아이템인 경우가 많았으니 말이다.

물론 마족 전용 장비라 하더라도 사다가 경매장에 올리면 억 소리 나는 값에 팔아치울 수 있겠지만, 그것은 이안이 원하는 결과가 아니었다.

돈이야 어떤 방식으로든 벌 방법이 많았고, 지금 이안이 원하는 것은 이곳에서만 구할 수 있으면서도 이안에게 꼭 필요한, 그런 아이템이었으니 말이다.

'보자……. 그럼 장비들은 일단 보류해 두고, 잡화로 분류되어 있는 아이템들을 한번 확인해 볼까?'

수십 가지가 넘는 장비들을 전부 확인한 이안은, 쩝 하고 입맛을 다시며 '잡화' 탭으로 페이지를 넘겼다.

하지만 그렇다 해서 아직 실망한 것은 아니었다.

역시나 가장 기대했던 품목은 장비류 아이템이었으나, 잡화 분류라 하여도 충분히 희귀하고 좋은 템이 있을 수 있었으니 말이다.

그리고 다음 순간…….

"……!"

잡화 탭의 판매 목록 화면에서 뭔가를 발견한 이안의 두 눈이, 순식간에 휘둥그레졌다.

'이건 대체 뭐야? 뭔데 장비들보다도 가격이 훨씬 비싼 거지?'

잡화 아이템 목록의 중간쯤 되는 부분에서, 무려 45만 냥이라는 어마어마한 가격이 책정되어 있는 품목을 발견한 것이다.

그렇다고 전반적인 잡화 템들의 가격이 비싸냐고 하면, 그건 또 아니었다.

장비 품목의 가격이 대부분 10~30만 냥 정도였던 것에 반해, 대부분의 잡화 아이템은 10만 냥을 넘지 않았으니 말이다.

'음……. 일단 이것부터 확인해 볼까?'

말도 안 되게 비싼 가격 때문에 호기심이 생긴 이안은, 망설임 없이 해당 아이템의 정보를 오픈해 보았다.

-'마령 각성의 비약' 아이템 정보를 확인합니다.

그리고 눈앞에 떠오른 정보 창을 읽어 내려가던 이안의 입에선…….

"뭐?"
너무도 놀란 나머지, 육성이 새어 나오고 말았다.

　　　　　　　　　　　　　　　　　　to be continued

200평 초대형 24시 만화방

- 수면실 (침대식)
- 사우나석
- 다인석
- 샤워실
- 세탁기
- 신간100%

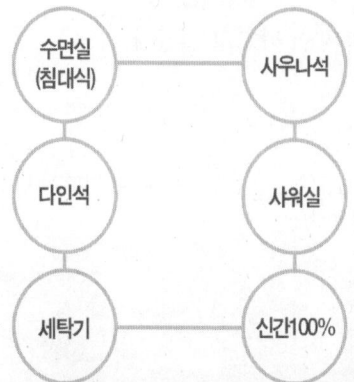

📖 수원 인계동점

- 나혜석거리
- 농협
- CGV
- 수원시청역 ⑧
- 무비 사거리
- 소주한잔 건물 24시 만화방 3F
- 홍콩반점
- 홈플러스

TEL : 031-226-3771
수원시 팔달구 인계동 1041-11 3층 24시 만화방

📖 의정부점

- 의정부역 ④⑤
- 흥선지하도
- ◀서울방향
- 진성약국
- 던킨도넛츠
- 24시 만화방 3F

TEL : 031-856-3971
경기도 의정부시 의정부동 197-13 3층

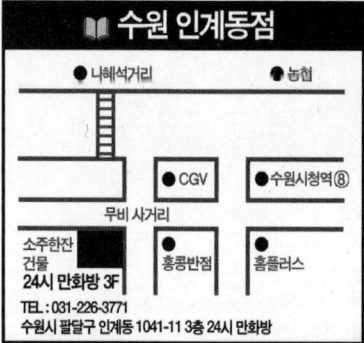

📖 주안점

- 주안남부역
- ◀제물포
- 민병철 어학원
- 간석동▶
- 25시 만화방 6F

TEL : 032-426-2871
인천광역시 주안남부역 지하상가 4번 출구 GS25시 건물 6층

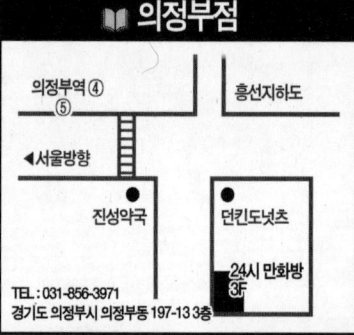

📖 안양점

- 안양역
- 육교
- ◀관악역
- 명학역▶
- 농협
- 24시 만화방 2F
- 안양일번가

TEL : 031-466-3771
경기도 안양시 안양동 674-163 조이당구장건물 2층

인챈트로 인생역전!

김도훈 현대 판타지 장편소설

옷이 안 팔려? 업그레이드하면 되지!
생태계 파괴급 스킬로 패션 시장을 장악하다!

무리한 확장과 경기 불황으로 의류 사업에 실패한 현성
쓴맛을 삼키며 빚뿐인 앞날을 고민하던 그때
물려받은 골동품에서 우연히 얻은 능력, 인챈트!

인챈트에 성공합니다. 티셔츠의 성능이 향상됩니다.

의류, 가죽, 금속! 손에만 걸리면 등급 업!
대기업의 견제와 갑질을 뚫고 승승장구하는 사업!

한국 경제를 뒤흔들 사업가의 등장!
패션계를 다시 쓸『인챈트』스토리가 시작된다!

소울 SOUL SYNERGY 시너지

구현 현대 판타지 장편소설

이성과 경험의 정문현, 본능과 감의 이영호
두 영혼의 초월적인 시너지로 불합리한 세상에 맞서다!

무역회사 중역으로 살다가 암 투병 중 사망한 정문현,
목적 없이 살던 고아, 이영호의 몸속으로 들어갔다!
뭐? 둘의 영혼이 저승의 실수로 합쳐진 거라고?

한 개의 영혼, 두 개의 기억
저승사자의 사과 선물로 받은 수상한 인벤토리로
소박해도 좋으니 행복하게만 살자고 다짐하는데……

고아원 원장부터 경찰들까지,
나한테 왜 이렇게 갑질을 해 대는 거야?

'평범'을 지향하는 이영호의
세상의 갑질을 향한 기상천외 사이다 원 샷!

마운드의 제왕

정한담 스포츠 장편소설
ROK SPORTS FANTASY STORY

**혜성처럼 나타난 야구계의 이단아
환상의 제구로 마운드에 우뚝 서다!**

한국 야구계의 전설 최동훈의 피를 물려받았지만
야구선수로서의 능력은 제로였던 최성호

'패전 전문 투수', '물투수' 등
치욕적 별명만 얻은 채 입대를 하게 되고
야구에 대한 꿈을 접으려 할수록 미련은 강해져만 가는데……

그런 그의 눈앞에 나타난 건
어릴 적 받은 야구 카드의 주인공, 새철 트레벌?

**더 이상 아버지의 이름을 더럽힐 수는 없다!
스승과의 하드 트레이닝을 통해
마운드의 제왕으로 거듭나라!**